미나카이
백화점이
있던 자리

미나카이
백화점이
있던 자리

황영경 소설집

강

차 례

밤 깊은
마포종점

그즈음 외할머니 은분 씨는 은방울 자매의 「마포종점」이라는 노래를 자주 흥얼거렸다. "밤 깊은 마포종점 갈 곳 없는 이 거리……" 때로는 신음인 듯 뿜어내는 그 특유의 타령조는 태엽이 녹슬어버린 오르골의 소리 같기도 했다.

동지 무렵의 깊은 밤, 문자 씨와 복주 씨랑 함께 모여서 밤새도록 민화투를 칠 때도 은분 씨는 「마포종점」을 읊조리며 화투짝을 뒤집거나 섞고는 했다. 저녁밥을 먹고 새로 갈아 넣은 연탄불이 괄게 타오르는 야심한 시각에 절절 끓는 아랫목 구들장 위에 꽃처럼 펼쳐지는 그림 딱지들은 중세의 미니아튀르 조각처럼 기이하고, 화투 삼매경에 빠진 삼총사 할머니들의 실루엣이 어리는 안방의 광경은 아라비안나이트를 닮은 야화를 낳을 것도 같았다.

"청단이요, 청단!"

다리미 담요가 들썩거릴 만큼 힘차게 화투장을 내리치는 문자 씨. 나는 성냥개비 하나를 툭 분질러 미리 점수를 얹어 주었고.

은분 씨는 다시 "비에 젖어 너도 섰고 갈 곳 없는 나도 서었다" 하며, 그 비나리조 가락에 까딱까딱 체머리 박자를 맞췄는데.

검은 우산을 쓰고 빨간색 장삼을 입은 남자가 그려진 비광(光)이 은분 씨의 패에 들어온 게 분명했다. 그렇지 않고서는 수도꼭지마저 꽁꽁 얼어붙는 엄동설한 밤중에 싸락눈이 어슷어슷하게 내려 쌓이는 줄도 모르면서 '비에 젖어 너도 섰고, 갈 곳 없는 나도 섰다'라니. 그건 말이 안 되는 거였다.

구로동, 세 할머니들

전에는 전차가 다녔다는 마포종점은 대체 외할머니 집이 있는 구로동에서 얼마나 먼 곳인가. 버스마저 끊기고 밤새 달려가야만 다다를 수 있는 곳일까. 통행금지 때문에 그마저도 금지된 밤. 외할머니의 입에서는 쉴 새 없이 「마포종점」이 비 맞은 스님의 염불처럼 구불구불 새어 나오고.

할머니들이 당신들의 고쟁이 안주머니를 뒤집어 꼬질꼬질
시든 배춧잎 빛깔의 백 원짜리 지전들을 풀어놓을 때쯤이면,
방 안의 공기가 후끈하게 달아올라 "은래야, 창문 좀 쪼께 열
어라이!" 하는 탄성이 터져 나왔다. 뻣뻣하게 언 빨래를 걷어
다 깔아놓은 윗목에서 전기다리미를 뒤집어놓고 오징어를 굽
고 있던 나는 냉큼 일어나 창호지에 어리는 그림자를 살피며
쥐꼬리 하나가 들어올 만큼의 문틈을 벌려놓았다. 아마 그런
밤중이었을 것이다.

외증조할머니의 기제사가 있는 섣달 초아흐렛날. 귀신이
잘 찾아오도록 대문을 활짝 열어놓고 방마다 불을 환히 밝히
고, 마당의 빨랫줄도 귀신의 목에 걸릴까 봐 죄다 풀어놓았
었다지. 배불리 한 상 잘 받아먹은 귀신이 돌아 나가다가 넘
어지지 않도록 변소나 헛간까지도 새벽녘까지 환히 초롱불을
밝혀야만 했다는, 엄마 어렸을 적의 그 전설 같은 밤. 쥐도 새
도 모르게 보쌈으로 업혀 간 재너미 과수댁 소문에 뒤숭숭했
었다는데.

"아가, 잠 안 오냐? 아나, 학용품 사 써라이."

오징어 다리를 질겅질겅 씹으며 선을 떼던 복주 씨가 당신
의 방석 밑에서 뻣뻣한 십 원짜리 지전 두세 장을 골라내어
내게 쥐여주고는 했다. 셈에 밝지 못한 까막눈이 아닌데도
나는 흰 수염이 너무 늘어진 세종대왕 할아버지의 백 원짜리
보다는 첨성대와 거북선이 앞뒤로 선명하게 새겨진, 그 빠삭

한 십 원짜리 종이돈이 더 좋았다.

"옜다, 인심이다!" 복주 씨는 개평을 떼어줄 때도 항상 넉넉했다. 어린애가 연탄가스 냄새를 맡으면 머리가 나빠져서 공부를 못한다며 전기다리미에 오징어 굽는 법을 가르쳐준 이도 복주 씨였다.

잠을 쫓으려고 눈까풀에 안티푸라민을 바르고, 전기다리미를 뒤집어 눕혀놓느라고 고여났던 외삼촌의 두툼한 책들을 뒤적거리다가, 역사와 철학, 사상, 종교, 죽음의 문장들이 안개처럼 해롱거리면 어린 나는 한창 젊디젊은 외삼촌 한정훈 씨가 가여워지고는 했다. 이깟 알쏭한 낱말들에 심취해서 어느 하세월에 높이 출세를 한단 말인가.

아직 장가도 안 간 외삼촌. 외할머니가 더 나이 늘어 우리 동네 봉희 할머니처럼 노망이라도 난다면 누가 그 시중을 들어줄까. 미래의 외숙모는 외할머니한테 상냥하게 대해줄까. 아픈 시어머니한테 빨리 나가 죽으라고 바락바락 악을 써대는 봉희 엄마 같은 나쁜 며느리도 있는데. "나 죽으면 화장해도라." 봉희 할머니가 신신당부했다는데.

마른오징어의 살이 익으면서 내뿜는 고소하고 짭조름한 매혹적인 냄새가 그 할머니의 살이 타들어갈 때도 그렇듯 진하게 풍겨 나올까. 그런데 웃기는 건, 그 기가 막힌 오징어 냄새를 시체 썩는 냄새라고 외국 사람들은 질색팔색한다는 거였다. 외삼촌한테 들기로는 자기네 치즈 냄새는 유도 아니라고 했는데.

도대체 치즈란 게 어떤 맛일까. 빠다(버터) 비슷하게 생겨 먹었다는 것까지는 겨우 알겠는데, 그때 나는 제법 식자우환이었던가. 성실한 개평꾼의 의무로 할머니들의 입 마름 증세를 예방하기 위해 침샘을 자극하는 주전부리를 담당하던 나는 오징어를 굽다 말고, 난데없는 치즈에 골머리를 앓다가 또 걱정을 사고는 했다.

전기다리미가 없던 옛날에는 놋쇠 다리미 안에 숯덩이를 담아서 썼다지. 만일 그 놋쇠 다리미 뚜껑이 저절로 열려서 벌겋게 달아오른 숯덩이가 쏟아져 나온다면, 그것은 지옥의 아수라장이 되지 않을까. 나는 그런 놋 다리미를 쓰는 시대에 태어나지 않은 게 천만다행이다 싶었고, 쓸데없는 근심과 불안이 어린 가슴에서 활활 피어올라 걱정으로 치닫는 밤. 덧없고 하염없는 공상에 빠지다가 끄덕끄덕 졸고 있으면 꿈인 듯 외할머니의 목소리가 설핏 들려왔다.

"은래야, 아가! 잠 오냐? 어서, 삼촌 방에 가서 자거라이."

아직 이빨도 안 빠졌는데 내 이름 '은례'라는 발음이 서툴렀던 외할머니. '은래'인지, '을래'인지, 그 불분명한 호명은 나를 외할머니의 소녀적 동무의 울타리로 불러들이는 것 같았다. 시골집 마당의 멍석 위에서 희디흰 옥양목 천의 양 끝을 팽팽하게 잡아당기고 앉았던, 비녀를 찌른 할머니들과 그 사이로 시뻘건 숯덩이가 수북이 담긴 작은 프라이팬 모양의

둥근 놋쇠 다리미가 곡예사의 손놀림인 듯 왔다 갔다 하는 정경들. 부엌 아궁이를 뒤적거려 숯덩이를 끄집어내는 각시 적 엄마의 모습도 꿈속인 양 지나간다.

나는 퍼뜩 선잠에서 깨어나 할머니들의 어깨 너머로 피어 있는 난만한 꽃밭 속에서 생동하게 유유히 노니는 꾀꼬리와 사슴을 발견한다. 다시 선을 뗀 문자 씨의 현란한 손끝에서 뒤집히는 화투패의 점을 쳐보려고 나는 눈을 비빈다.

이월 매조는 임 소식이고, 시월 단풍은 걱정 근심이라 했거늘. 그렇다면 칠월 홍싸리의 멧돼지를 얼른 찾아야만 했다. 그건 행운과 횡재라 했으니, 아마 그때쯤이면 엄마가 곗돈을 탈 모양이었다.

두 개의 엄마

"아이고, 은례 쟤가 여간내기가 아니에요. 뭘 먹고 저런 영리한 애를 낳았대요?"

이웃의 아낙이 우리 집에 땔나무와 숯을 꾸러 와서 호들갑을 떨었다. 맹랑한 딸내미를 가진 내 엄마에게 공치사로 흘리는 몇 가지 멘트 중의 하나였을 것이다.

목재소에 다니는 남편을 가진 내 엄마에게 동네 아낙들의 그런 립서비스쯤은 식은 죽 먹기였으니까. 땔감이 귀했던 시절에 송판 부스러기를 한 묶음씩 보너스로 받아오는, 어엿한 목재소 직원인 내 아버지가 가난한 농군의 아내들에게는 선망하는 남편상이 되고도 남았을 터. 덩달아 나도 조금은 귀한 아이였을 것이다.

"그때만 해도 네 아버지가 월급을 따박따박 타왔으니까 동네에서 땡땡이무늬 원피스를 입은 아이는 너 하나뿐이었지."

엄마의 말이 허풍은 아니었다. 옛 흑백사진 속, 상고 단발머리에다 한복 치마저고리를 입은 여자아이들 가운데서, 물방울무늬 원피스를 입고 앞머리를 양 갈래로 세워 삐삐 머리로 묶은 여자아이는 나 혼자뿐이었으니까. 짧은 옷고름을 손가락에 감아 입에 물고는 수줍고 신기한 듯 고개를 삐뚜름하게 꺾으며 카메라를 빤히 응시하는 아이들. 그런 중에서 아버지의 품에 안겨 단풍나무 떡잎 같은 손가락을 활짝 벌려 아버지의 손에 얹고 새치름한 표정을 짓고 있는 서너 살의 내 행색은 내가 봐도 세련된 도시 아이의 풍이었다. 아마 그때까지는 전주에 살고 있던 외할머니의 영향이 컸으리라.

외삼촌이 초등학교 입학 직전에 상리를 떠났던 외할머니 식구들. 이미 출가외인이었으므로 따라나설 수 없었던 내 엄마 한정임 씨. 가난한 촌부의 아낙으로 살아가야 하는 내 엄마에게 전주는 고향보다 더 애틋하게 천추(千秋)에 맺히는 곳이었다. 느리게 흘러가는 그 천추(遷推)의 시간을 엄마는 자주 친정 나들이로 견뎠으리라. 따라서 전주는 우리 가족들의 삶에

원형이 아닌 원형이 되었다. 외할머니가 큰딸네인 우리 집이 먼저 올라와서 살고 있는 서울로 이사 오기 전까지는.

"외할머니는 우리 엄마의 엄마야. 우리 엄마는 내 엄마이고. 음, 그러니까 나는 엄마가 두 개야. 너는?"

고작 이런 말이었을 것이다. 좀 맹한 앵순이에게 잘난 척하기에 그만인 그런 말장난을 두고 엄마와 내게 '뭘 먹고 저런 영리한'이라는 복합적인 찬사를 바치다니.

엄마가 두 개. 하기야 사실이 그렇지 않은가. 이 세상에서 나를 생겨나게 만들어준 이가 제일 먼저는 내 엄마 한정임 씨지만 그 이전에 한정임 씨를 낳아준 엄마는 외할머니인 이은분 씨니까 말이다. 러시아 인형 마트료시카처럼 엄마 안에 또 하나의 엄마가 들어 있고, 그 엄마 안에 또 작은 엄마 하나가 들어 있고, 자꾸자꾸 엄마들이 생겨나서 지금의 나 서은례도 태어났으니 어찌 내게 엄마가 하나뿐일까. 하지만 그 겹겹의 엄마들 중에서 내가 확실히 아는 사람은 단 둘뿐이다. 엄마와 외할머니.

외할머니는 엄마 이상으로 내게 모든 걸 가르쳤다.

"허리를 꼿꼿하게 펴고 사뿐사뿐 걸어라. 여자는 걷는 태가 이뻐야 하느니라."

아이고, 외할머니는 무슨 기생학교 교장 선생님도 아니면서, 내 걷는 자세뿐만 아니라 모든 버릇이나 습관까지도 참견을 했다.

"어린아이가 왜 그런 한숨을 쉬니?"

나는 사실 내가 그런 버릇이 있는 줄도 몰랐다. 아마 돈암동 그 산동네의 비탈길을 매일 오르락내리락하려니 내 적은 폐활량이 때로는 과부하 현상을 나타냈던 게 아니었을까. 아무튼 내가 받은 숨을 몰아서 한꺼번에 내쉴 때마다 외할머니에게는 한숨으로 비칠 수밖에.

"아이가 청승맞게 웬 한숨이니?"

청승맞게? 좋은 의미는 아닌 게 확실했다. 숨을 가슴 가득히 깊이 들이마시고 다시 깊게 내뱉는 거. 그게 사실은 신체의 건강에 아주 좋은 복식호흡이란 걸 훨씬 나중에 알았지만, 그게 한숨으로 둔갑해서 청승이라는 걸 동반한다면 정신 건강에 좋을 리는 없었다. 특히 외할머니의 경우에는.

외할아버지, 그 썩을 놈의 영감탱이

일찍 외할머니 곁을 떠나버린 외할아버지 때문에 그렇게 늘 외할머니의 가슴속에서 "돌아오지 않는 사람 생각한들 무잇해"라고 「마포종점」의 가사가 깨진 바가지처럼 줄줄 새어 나온다는 거. 그건 어린 내가 아는 한, 턱도 없는 소리였다.

이은분 씨의 남편이었던 한동필 씨. 엄마나 이모들이 자기들의 아버지를 회상할 때면 외할머니는 노상 '그 썩을 놈의 영감탱이'라는 수식어로 외할아버지에 대한 기억을 보태고는 했다. 그건 마치 이웃집의 밉상 할아버지를 두고 하는 욕 같았다. 그러니까 그 '썩을 놈의 영감탱이'는 내게 세상의 모든 외할아버지를 뜻하는 좀 길다 싶은 대명사였다.

외할아버지는 잠깐 작은댁을 들이기도 했었다지.

맞아, 한동필 씨. 욕먹어도 싸다, 싸!

땅마지기나 지닌 동네 유지급 집안의 가장들이 첩, 또는 시앗이라 불리던 새 여자를 얻어 들이는 양반의 관습이 남아 있을 때였으니. 먹고살 만한 집안의 남자들이 그런 작은댁 하나씩을 들어앉히는 게 그리 큰 도덕적 결함이 아니었다니. 헐! 내 외할아버지 한동필 씨도 그런 바 쪼가리 양반 축에는 끼이는 모양이었던지, 조선 왕가의 어엿한 전주 이씨 가문의 정숙한 조강지처 이은분 씨를 두고, 또 다른 색시를 봤던 모양이다. 양반은 무슨, 얼어죽을?

한동필 씨가 건넌방에서 작은댁과 잠자리에 든 사이에 댓돌 위에 벗어놓은 그의 흰 고무신을 이은분 씨가 감춰버렸다지. 그때 흰 고무신은 지금의 명품 구두에 버금가는, 특수 계층에게만 한정된 클래식한 것. 그 흰 고무신의 행방은 오리무중 속으로 묻혔다가 결국 밤도둑의 절도 사건이라는 자체적인 판명이 내려졌다지.

하, 젊었던 외할머니 이은분 씨가 그런 발랄 지존의 행동파 여성이었다니, 역시나 이은분 씨, 꼭 그렇게까지! 역성혁명의 전주 이씨 전통 가문의 피를 속일 수가 없었던 것. 어쨌든 칠거지악의 오랏줄에 묶여 한씨 집안으로부터 내침을 당할 뻔했던 은분 씨의 분노와 질투는 다행히 비밀스러운 에피소드로 끝나버리고 말았으니.

먼 나들이 때는 항상 백구두를 신었다는 외할아버지 한동필 씨. 내 상상 속에서는 흰 명주 두루마기 자락을 펄럭이며 반지르르하게 옻칠 된 박달나무 지팡이를 들고 길을 나서는 깐깐하고 꼬장꼬장한 노인의 이미지일 뿐.

믿거나 말거나, 마흔 중반쯤에 세상을 떠난 외할아버지가 실지로는 일본을 통해 신문물이 유입되던 당시에 한세상을 풍미했던 중년의 스타일리스트 신사였다고. 세이코 손목시계를 차고 서양식 중절모를 쓰고서 외할머니가 백옥같이 닦아놓은 흰 고무신을 신고 논밭의 소작인들을 관장하러 다니는 젊은 외할아버지의 모습이란? 아직도 내 머릿속에 살아 있는 「아씨」나 「여로」 같은 티브이 연속방송극 속의 양반님네의 모습이랄까.

아무튼 신발 도둑의 소행으로만 여겨졌던 외할아버지의 흰 고무신 분실 사건은 외할머니가 일으킨 대반란이었다. 외할아버지의 그 흰 고무신을 엿장수에게 주고 엿을 바꿔서 감춰두었다가 어렸던 엄마와 이모들이 입에서 단내가 나도록 물리게 먹었다는 얘기, 내 입안까지도 텁텁해졌다.

사실, 외할아버지 한동필 씨는 외할머니 이은분 씨에게 평생토록 죽어지내는 게 마땅했다. 외할아버지는 열여섯 살 적 어린 나이에 이미 한 번 결혼했었던 스물네 살의 헌 신랑이었고 외할머니는 일곱 살이나 어린 새 처녀였으니. 지금으로 치자면 외할머니가 분명히 사기당한 결혼이었다. 혼담이 오갈 당시 외할아버지 한동필 씨는 일찍 혼인했다가 상처한 남자라고만 했지, 아이가 셋씩이니 딸린 홀아비라고는 밝히지 않았다니까 말이다.

역사의 질곡이니, 불합리한 시대의 모순이니, 그런 찍어다 붙이기 좋은 주체도 불분명한 허울들에게 펀치를 날릴 수는 없었을까. 은분 씨의 친정아버지 이동준 씨. 역성혁명 가문의 후예답게 딸에게도 그런 걸 가르칠 수는 없었을까. 하긴 나라를 독립시키는 게 급선무라고 일찍이 만주 벌판으로 유랑하던 그가 집안의 대소사까지 다 챙길 수는 없었으니까.

외할머니의 친가 쪽 사람들, 이른바 'TK(대구 경북)' 권역으로 일찌감치 옮겨가 대대로 살아온 일가친척들은 내 외할머니인 은분 씨가 아주 유쾌하고 활달한 여성이며 가무(歌舞)에 능한 예인의 끼가 있었다는데, 거기에 아무도 토를 달지 않았다. 내게 오촌 숙부이며, 엄마에게는 외사촌 동생, 외할머니에게는 친정 친조카인 승종이 아재에 의하면, 은분이 고모가 다니러 올 때마다 온 집안의 종형제 남매들이 모여 앉아서 종일토록 음식을 해 먹으며 노래 부르고 놀았는데, 특히 은분이 고모의 장구 솜씨는 알아줬다고.

울화병이 도진 외할머니가 갓난아기였던 외삼촌을 데리고 대구 친정에 가서 한 달 가까이나 머물고 있던 그해 겨울, 외할아버지는 큰딸 정임이가 갑작스레 병이 나서 사경을 헤맨다고 거짓으로 급전을 쳤다는 에피소드에서 또 한 번 '그 썩을 놈의 영감탱이'라는 수식어가 따라 나올 수밖에.

한동필 씨, 처음부터 속이고, 또 속여서 이은분 씨를 평생토록 옆에 붙잡아두고 싶었던 걸까. 여기서 내가 "아, 바보 같은 외할머니"라는 탄식을 감히 터뜨릴 수는 없다. 한씨 집안에 속고, 또 속았지만, 외할머니는 그때 다시 한씨 집안으로 복귀하는 게 옳았다.

출가외인, 살아서도 죽어서도 청주 한씨 집안의 귀신이 되어야만 했다. 그건 하늘이 두 쪽 나도 어길 수 없는 법도였으니까. 아닌 건 아니라고 걷어차버릴 수 있는 분별력과 실천력 따위는 은분 씨의 생애 사전에서 불길한 주홍글씨일 뿐이니까.

모든 것은 서로 연결되고 돌고 돈다는 만법일여(萬法一如)의 우주 만물의 법칙에 따르자면 외할머니는 전주 이씨 집안이건 청주 한씨 집안이건 어디에 있어도 상관없었겠지만, 그 시절 조선 팔도를 관장하고 있는 하늘의 법도는 왜 그렇게 편파적이었는지.

제주도 귀양 시절, 바다 건너 멀리 육지 친가의 아내에게 수차례의 편지를 부쳤다던 추사 김정희. "누가 월하노인께 호소하여 내세에는 서로가 바뀌 태어나 천리 밖에서 나는 죽고 그대는 살아서 나의 이 서러운 마음을 그대도 알게 했으면." 결국 그는 죽은 아내에게 바치는 애통지극의 절절한 편지까지 쓰지 않았던가. 한동필 씨도, 추사 양반처럼 절절한 호소의 편지라도 썼더라면 손가락에 어디 덫이라도 난단 말인가. 「세한도」의 추사 양반의 반의반만큼도 따라갈 수는 없었겠지만 멀쩡한 큰딸의 발병을 빙자로 겁박하여 아내를 귀가시키다니.

이은분 씨도 율곡 선생의 어머니 신사임당처럼 시 짓고, 그림 그리며 친정에 남아서 살 수도 있었을 텐데. 외할머니의 그림 솜씨? 그건 내가 바로 보장할 수 있다.

꽃이나 곤충을 관찰하여 그려 가는 여름방학 숙제 때문에 절절매는 내게 외할머니는 수국과 작약, 나비 등을 손수 그리는 시범을 보였는데, 신사임당의 「초충도(草蟲圖)」와 「화조화(花鳥畵)」만큼이나 세밀하고 화려했다. 나도 쉬이 따라 그릴 수 있도록 내 손목을 쥐고 당신 특유의 기법까지 전수했던 외할머니. 스케치북에 크레용으로 그린 그 그림을 보고, 오죽하면 오빠가 "너, 이거 누가 그려줬지?" 하며 놀라 자빠질 것 같은 표정을 지었을까.

갈 곳 없는 이 거리

티브이에서 '윙크'라는 신세대 쌍둥이 자매 가수가 「마포종점」을 부르고 있었다. 월요일 밤 아홉시 뉴스가 끝난 후, '가요무대'라는 티브이 프로그램에서 예전의 '은방울 자매'들이 크게 히트시켰던 익숙한 곡조가 흘러나왔던 것이다. 탁음이 전혀 섞이지 않은 발성에다 스타카토로 선명하게 끊기면서도 옥구슬이 또르르 굴러가는 창법으로 노래하는 젊은 가수들이 신기하기까지 했다. 한복의 치마폭처럼 선이 곱게 떨어지는 서양식 드레스 차림에다 간들간들 몸짓까지 받쳐주는 그 앙증스러운 여성 가수들, 신세대층이나 삼촌 부대보다는 장년층의 팬들이 더 환호하고 있었다.

옛날의 흑백 화면 속에서 은방울 자매는 언제나 한복을 곱게 차려입은 아줌마 가수였다. 다른 여자 가수들은 모두 화려한 치장을 하고 나왔지만, 은방울 자매들은 내 어머니 것보다 조금 더 화사할 뿐인 한복 차림이었다. 얼굴마저도 후덕한 동네 아낙 같았던 그이들, 티브이에까지 나와서 노래 부르는 걸 보면 아무래도 이름처럼 은방울이 굴러가는 듯한 고운 소리 덕분일 것이라고 나는 나름 분석을 했었다.

그 당시는 아무래도 이미자가 제일 잘나가는 가수였다. 그가 부른 「아씨」라는 드라마의 주제곡을 따라 부르면 쪼그만 어린 내 가슴에서 괜스레 싸한 통증이 지나가고는 했다. "여기던가 저기던가 복사꽃 곱게 피어 있던 길, 한세상 다하여 돌아가는 길 저무는 하늘가에 노을이 섧구나"라고 꺾이는 끝부분에서는 나 자신이 마치 세상을 다 살아온 듯 허무에 젖어 눈물까지 솟구쳤다.

그 일일드라마 「아씨」를 보려고 저녁마다 엄마는 동금이 아줌마네로, 나는 동생들과 함께 동네에서 유일하게 티브이를 갖춘 만화방으로 흩어지고는 했다. 다들 연속극에 한창 빠져서 침 넘어가는 소리만 꼴깍 들릴 지경에 고등학생이었던 만화방의 큰오빠가 나를 자꾸만 훔쳐보는 것 같은 착각. 우리 가족이 아닌 타인 남자의 그런 시선을 견뎌야 하는 곤혹이 클라이맥스의 삶으로 치닫는 '아씨'의 고통에 비하면 참을 만했지만, 나는 얼른 또 방학이 되기를 학수고대했다. 구로동 외할머니 집으로 가면 밤마실을 가지 않아도 맘 놓고 티브이를 볼 수 있었으니까 말이다.

외할머니 집에도 만화방 것과 같은 금성 상표의 티브이가 커다란 갈색 목제 케이스 속에 들어앉아 있었다. 방송이 안 나오는 낮에는 미닫이문이 닫혀 있어서 마치 단단한 금고 같았던, 할머니를 위한 외삼촌의 지극한 효도의 선물이었지만 그것이 매일 밤, 할머니 한 사람만의 독차지가 되는 것은 참으로 애석한 일이었다. 구로동 그 집이 단단한 나무 대문과 번듯한 마당이 있고 반들반들한 마루와 다락이 있는 어엿한 주택임에도 '외갓집'이라기보다는 '외할머니 집'이 더 자연스러웠던 것처럼, 외할머니 혼자 살고 있는 집에 그 커다란 티브이는 결코 가족의 일원을 대신하지 못했기 때문이다.

그때 은방울 자매 가수들은 진짜 쌍둥이는 아니었다.

'아, 외할머니……' 티브이 화면 하단에 '쌍둥이들의 외할머니가 즐겨 부르던 노래'라고 소개되었다. 가수들이 꼽은 '나의 애창곡' 코너였던 것. '외할머니, 우리 쌍둥이 자매를 키워주시느라 애쓰셨습니다. 건강하게 오래오래 사세요'라는 자막이 스르륵 지나갔다. 내 외할머니 말고도, 또 저 윙크 가수들의 외할머니도! 그런데 외할머니들은 왜 그렇게 「마포종점」이라는 노래를 좋아하는 것일까?

일찍 홀로되어 아무 데도 갈 곳이 없었던 옛 여인들. 외할머니는 밤 깊은 마포종점, 갈 곳 없는 밤 전차가 되어 얼마나 헤맸을까. 아직 이빨도 빠지지 않은 은분 씨가 호물호물 읊조리는 「마포종점」은 추적추적 내리는 가랑비같이 듣는 이의 가슴팍을 적시기도 했으며, 막힌 하수구로 흐르륵 빠져나가는 안타까운 빗물 소리 같기도 했다. 문자 씨와 복주 씨 할머니들을 불러서 밤새도록 화투를 쳐봐도 텅 빈 전차 종점 같은 가슴에서 덜커덩거리는 바퀴 소리만 요란했던 탓일까.

"가앙— 건너 영등포엔 불빛만 아련한~데 돌아오지 않~는 사람 기다린—들 무엇하나?" 외할머니에게 혹시 손꼽아 기다리는 사람이 있었던 걸까. 그때 대학을 졸업하고 금방 건설부 공채시험에 당당히 합격해서 부산에 있는 경부고속도로 건설 현장에 나가 있었던 외삼촌. 하지만 자주 서울 사무소에 왔고, 그때마다 구로동 집에 들렀기에, 외할머니가 다 큰 아들을 애타게 기다릴 리는 없었고. 혹시 어쩌면 그게 다, 외할아버지 때문이 아니었을까.

외사촌 양순이 언니의 결혼식 때 주례 선생님의 말씀 중에 부부는 '기쁠 때나 슬플 때 함께 있어주는 사람'이라고 했던 걸 나는 똑똑히 기억하고 있었다. 그래서 기쁠 때나 슬플 때 할머니 곁에 없는 사람 때문에 할머니의 입에서는 그렇게 "비에 젖어 너도 섰고 갈 곳 없는 나도 서어—었다"라고 고장난 레코드판처럼 똑같은 노래가 자꾸 흘러나왔던가.

할머니의 「마포종점」은 고음 처리 부분에서는 생뚱맞게도 타령조 비슷한 가락으로 흘러버렸지만 나는 라디오에서나 엄마의 입을 통해 흘러나오는 곡조를 비교적 정확하게 따라 부를 수 있었다. 하지만 내가 알고 있는 「마포종점」의 첫 소절 가사가 '밤 깊은 마포종점 갈 곳 없는 이 거리'가 아니라 '밤 깊은 마포종점 갈 곳 없는 밤 전차'라는 것을 나는 나중에야 알았다는 사실. 외할머니가 늘 입에 달고 살았던 노래를 저절로 익혔던 나는 친구들과 노래자랑대회 놀이를 하다가 미자가 지적을 하는 바람에 외할머니의 틀린 가사를 알게 되었다. 나는 외할머니에게 그런 사실을 끝내 밝히지 않았다. 나도 외할머니처럼 '갈 곳 없는 밤 전차'보다는 왠지 '갈 곳 없는 이 거리'가 훨씬 더 가슴에 와닿았기 때문이다.

전차가 다니던 옛 서울에서 마포종점은 마포선의 종점으로 차고지가 있던 곳. 전차가 다니기 전의 마포는 배가 드나드는 나루터인 포구였으니 언제나 만남과 헤어짐이 있었던 이별의 동네였던 것이 확실했다. 그러나 외할머니가 전주에서 서울로 이사 왔을 때는 거리에서 이미 전차가 사라진 뒤였으니 외할머니는 '밤 전차'라고는 구경도 못했을 게 뻔했다.

서울에서 전차 운행이 중단된 해는 1968년, 나는 흑백사진 속에서나마 처음이자 마지막으로 딱 한 번 그 상상의 전차를 탈 수가 있었다. 어리빙충이 촌아이였던 나는 공중에는 전기선이, 길바닥에는 철로가 이리저리 길게 깔린 도로가 신기하고도 어지러웠다. 겨울에 내 고향 상리 방죽에서 나무 썰매를 탈 때면 끌리는 자국처럼, 어디론가 한없는 세상으로 길게 나를 데려다주기를 바라는 환상 같은 것. 실지로 그 사진 속의 검은 전차를 타고 어디로든 갈 수는 없었다. 그러니 나에게도, 외할머니에게도 '갈 곳 없는 이 거리'가 심정적으로 더 들어맞았던 것.

그렇지만 '밤 전차'라니? 밤에 시커멓게 버티고 서 있는 그것은 이상하게 내게 대포나 탱크 같은 무기의 이미지로 떠올랐고, 또 그것은 바로 전쟁 이야기로 연결이 되어서 지레 몸서리가 쳐졌다. 내가 엄마 배 속에서부터 태교처럼 들었던 말. "그 난리만 아니었다면 우리 집안이 이렇게 망조가 들지는 않았을 것이다." 그야말로 귀에 딱지가 앉도록 들었으니

6 · 25 전쟁에 관한 한, 내가 학교에서 배운 것은 새 발의 피였다. '그 난리만 아니었다면' 외할머니와 엄마와 이모들이 모이면 사무치게 궁글렸던 그 구절. 그러니까 난리와 전쟁 같은 것은 내게 밤도깨비보다 더 무서운 것이었다.

거울 속의 아이들

엄마는 툭하면 친정에 가서 무엇을 집어 오고는 했다. 열아홉 살이었던 엄마는 시집올 때 장롱이며 화장대 같은 혼수는 커녕 변변한 옷가지 하나도 없이 그야말로 홑이불에 몸뚱이 하나만 달랑 싸가지고 왔다 했다. 그래서인지 외할머니는 엄마가 무엇을 가져가든 간에 모른 척했다. 말하자면 엄마는 외할머니의 아픈 손가락이었던 것.

우리 집의 손거울도 본래는 외할머니의 혼수품이었다. 고급스러운 재질의 나무로 테를 두른 타원형의 거울은 사람의 얼굴 하나가 박힐 만큼의 크기였고 갸름한 손잡이 끝에 구멍이 나 있어서 고무줄로 고리를 꿰서 벽에 거꾸로 걸어놓고 온 식구가 들여다보고는 했다. 아마 서너 번쯤은 유리를 새로 맞춰 넣었던 그것.

우리 집으로 건너온 외할머니의 그 손거울 속에는 어린 이모 하나, 어린 외삼촌 둘이 들어 있었다. 그건 내게 「백설공주」의 계모 왕비가 들여다보던 거울만큼이나 요술 같고 불가해한 착시나 환시였겠지만.

거울 속 세 명의 어린아이들은 이미 외할머니로부터 내 엄마에 이르는 운명의 고삐를 단단히 틀어쥐고 들어가 박혀 있었다. 그 아이들이 바로 내 큰이모와 큰외삼촌, 작은외삼촌이었다. 새색시를 태운 꽃가마가 신랑의 집 마당에 도착했을 때 호기심 많은 처녀였던 이은분 씨는 자신이 타고 온 가마의 벌어진 틈새로 미리 살짝 밖을 내다보았다. 엄마 왔다고 좋아라, 손뼉을 치는 어린아이들.

순진한 처녀였던 은분 씨는 그 아이들이 새색시를 환영하기 위해 동원된 화동인 줄로만 알았었다지. 은분 씨는 가마 문이 열리기를 기다리며 손거울을 얼른 들여다보았다지. 친정어머니가 새색시의 꽃단장이 흐트러지지 않을까 염려하며 가마 속에 넣어주었던 것.

이를 어째? 은분 씨의 가슴 속을 요동치는 써늘함이 쭈뼛, 곧바로 이마 위에 식은땀이 삐질 솟았다. 손거울에 살짝 금이 가 있었다. 아침 설거지를 하다가 그릇을 떨어뜨려서 테가 나가거나, 수틀을 꿰던 첫 바늘에 찔려 손가락에 핏방울이 맺히면 그날 하루가 불안하여 조신하게 죽여지내지 않았던가.

새색시가 타고 온 꽃가마를 보면서 엄마가 온다고 좋아라 손뼉을 치던 그 아이들은 바로 외할아버지 한동필 씨의 본처가 떨어뜨리고 간 소생들이었던 것. 열일곱 살의 어렸던 처녀 은분 씨가 시집을 오자마자 졸지에 세 아이의 엄마가 되어버렸다는 이야기를 나는 신화처럼, 전설처럼 듣고는 했다.

"이제부터 이 아이들은 네 자식들이니라. 네 몸에서 배태된 아이들은 아니지만 네 지아비의 자식이니 바로 네 자식인 게야, 어미로서 추호도 소홀함이 없어야 하느니라."

초야를 치르고 난 다음 날 아침, 시어른께 올리는 문안 인사때 지엄하신 그 분부 앞에서 새색시 은분 씨는 고개만 떨어뜨리고 있었다는, 그 희대의 사건의 도입부에서 어린 나는 기가 탁 막히고 숨이 차올라 가슴을 치고는 했다.

뒤늦게 사실을 알게 된 외할머니의 친정에서 중신아비를 불러다가 뺨을 쳤다지. '중매는 잘해야 술이 석 잔, 못하면 뺨이 석 대'라는 속담 따위, 그건 축생계에서나 용인될 미필적 고의의 언어유희였던가. 중매쟁이의 뺨을 친들, 이미 강 건너간 헌 처녀 은분 씨를 누가 구제해줄 것인가. 하! 천상에 있다는 월 하노인을 끌어내려서 팰 수도 없었으니.

어쨌거나 꽃 같은 새색시 은분 씨가 곧바로 회임을 했으니, 바로 내 엄마 정임 씨가 그 문열이가 되었던 것. 많은 자손도 부귀영화의 한 목록이었으니 경사에 취한 시어른들은 오동나무를 심으며 은연중에 새 손녀에 대한 축복을 보장해주었다지.

'아랫담 알짜배기 닷 마지기 논은 우리 복덩이 것이다. 좋은 집안으로 골라서 시집보내줄 것이다.' 명색이 양반님들의 관행과 관습들, '오동나무 장을 짜서'라는 단서를 붙이면서 선심 쓰듯이 남발한 상속의 약조. 그건 엄연한 새 처녀 은분 씨를 속인 거짓 혼사에 대한 손톱만큼의 사죄와 보상의 명분이랄까.

하, 알짜배기 논 닷 마지기? 그건 내 아버지 서진수 씨가 죽도록 남의 집 고용살이를 했어도 장만할 수 없었던 것. 맞다, 그 6·25 난리만 아니었던들! 아마 나도 반쪽짜리 금수저, 아니 서푼짜리 은수저라도 될 수도 있었을 텐데. 내 엄마 한정임 씨 못지않게 내게도 그 난리는 원통방통한 것이었다.

외할머니의 거울 속의 그 아이들은 난리가 일어나기 전에 이미 시집 장가들을 가서 일가를 이루고 살았다지. 원래 단명할 사주였다는 외할아버지 한동필 씨는 난리 통에 운명을 하고, 남겨진 전답 문서는 그 거울 속 제일 큰아이였던 큰외삼촌이 몽땅 차지해버렸다지.

"어린 동생들은 제가 잘 돌볼 터이니, 새어머니께서는 아직 젊으시니까 다른 영감님을 얻어가 살면 되지 않겠습니까"라는 명분으로.

헤이따이상(일본 군인) 가족에게는 월사금도 면제해주었다며, 큰오빠 덕분에 소학교도 공짜로 다녔다던 엄마의 자부심. 그것은 결국 엄마의 자존을 무너뜨리는 꺾어진 지렛대가 되고 말았다.

일본군으로 징집되어 갔다가 살아 돌아온 큰외삼촌. 그야말로 눈에 뵈는 게 아무것도 없는 혈기방장의 청년이었던 그가 시퍼런 일본 군도를 차고 만주 벌판을 헤매며 맹수처럼 활약한 공로로 포상 휴가를 나왔을 때, 그의 아버지 한동필 씨는 동네에서 하나밖에 없는 자신의 유성기를 틀어놓고 온 동네 사람들을 불러들여 잔치를 벌였다지.

"세상 사람들아, 내 아들이 위대한 황국신민이 되어서 돌아왔잖소. 이제 아무도 우리 집안을 못 건드릴 것이오."

훌륭한 헤이따이상 가족이 누릴 수 있는 온갖 특혜에 득의만만했던 한동필 씨. 서당 훈장님보다도 더 근엄했던 그 양반이 "날 좀 보소, 날 좀 보소!" 감격과 기쁨에 겨워 채신머리없이 덩실덩실 춤까지 췄다는 내 외가의 흑역사. 육이오가 터지자 큰외삼촌은 또 동네의 방첩대장으로 이름을 떨치며 활개를 쳤다지. 어린 동생들을 잘 돌보아주기는? 개뿔!

바보 같은 엄마

한정임 씨는 라디오에서 흘러나오는 「여자의 일생」과 「불어라 열풍아」, 「황포돛대」 등의 이미자 노래를 따라 부르다가 삐질삐질 눈물을 흘리고는 했다. 외삼촌이 쓰던, 내 손바닥만 한 트랜지스터라디오를 엄마는 신줏단지 모시듯 애지중지했다. 그런 엄마를 볼 때마다 나는 엄마의 엄마가 되는 기분이 들었다. 술도 안 취한 엄마가 동네잔치 마당에 앉아서 꾀꼬리처럼 노래 부르던 모습. 차라리 내가 그 자리에서 술 한 잔을 얻어먹고 취할 수만 있었다면.

　깊은 밤, 잠이 안 와서 말똥거리는 내 맨정신 속으로 트레머리를 땋아 올린 여인네가 들락거렸다. 고향 상리에서 엄마를 따라가서 보았던 『당사주』 그림책 속의 기생 같은 여자. 머리에 꽃을 꽂고 누각 마루에 올라앉아서 가야금을 뜯는 고운 한복 차림의 그 여자.

　"당신은 천상에 높이 올라앉아서 노래나 하는 사준데, 아이고, 이걸 이승에서 못 풀어 먹어서 어쩌겠소?" 혀를 차던 모랭이 당골네의 걸실한 말투도 또렷해지면서, 내게 기억이란 게 시작되었을 때부터 우울한 연극의 서막처럼 스르륵, 동네 사람들 앞에서 노래하던 엄마가 마치 나 자신이기라도 한 것처럼 무참해지기도 했잖은가. 새 학기 때 받아온 새 교과서의 첫 페이지 이상으로 정직하고도 난감한 그런 기억은 또 티브이 속의 은방울 자매들과 함께 교차되어 떠오르고는 했다.

　부엌에서 밥을 짓다가 부지깽이로 부뚜막을 탁탁 두드리며 장단 맞춰 노래를 부르는 게 취미였다는 처녀 적의 내 엄마. 호랑이 같은 외할아버지가 들이닥쳐 사당패 따라나설 거냐고 불호령을 치는 바람에 가수 같은 건 꿈도 꿀 수 없었다지. 절대적으로 남성 금지 구역이었던 부엌간에 곧 죽어도 양반님이었던 외할아버지 한동필 씨가 오죽하면 뛰어들었을까. 그건 내 엄마의 노랫소리가 뱃사람 남자들을 현혹시켰다는 세이렌 요정만큼이나 급수가 있었다는 이야기가 아니었을까.

바보 같은 엄마. 그때 왜 엄마는 밤도망이라도 치지 못했느냐고, 어린 내가 혀를 찬다. 육 남매의 맏딸이라는 위압감? 외삼촌 아래로 삼촌과 이모가 하나씩 어려서 죽었으니 당시엔 육 남매가 맞았다. 외할머니 이은분 씨의 소생으로는 말이다.

아깝다! 한정임 씨. 일찌감치 도시로 도망쳐서 악극단에라도 들어갔더라면, 은방울 자매처럼 꽃무늬 한복이거나 치렁치렁한 드레스 차림으로 많은 사람들 앞에서 박수를 받으며 노래하고 있었을 텐데. 그랬더라면 티브이에서 엄마의 얼굴을 볼 수도 있었을 텐데. "저기, 저 아줌마 가수가 바로 우리 엄마야." 나는 얼이 빠진 채로 티브이 화면에 대고 손을 뻗쳐 자랑스레 흔들어댔겠지. 완전 미친 아이라고 손가락질받는 줄도 모르고.

기껏 동네잔치에서나 아저씨들이 상 끝을 두드리는 젓가락 장단에 맞춰 노래를 부르는 엄마를 볼 때면 나는 얼굴도 본 적 없는 외할아버지를 향한 울분이 끓어올랐다. 옛날의 사당패, 유랑극단의 예인들. 그게 그렇게 나쁜 삶이었을까.

"당신이 타고난 애초의 사주대로 노래를 풀어 먹고살았더라면, 벌써 흙밥이 됐을 것이오. 지금까지 명을 잇는 것도 다 팔자소관이오." 그때, 당골네는 당사주 그림 책장을 탁 덮으며 "허, 허" 하고 허파에서 바람 빠지는 소리를 내뱉었지.

아, 그랬었지, 엄마가 가수가 못 된 게 얼마나 다행인지, 나는 또 얼마나 안심했던지.

집집마다 티브이가 보급되면서 사람들 앞에서 노래하고 춤추는 직업이 인기가 올라가다 보니 끼가 좀 있다고 자처하는 시골의 젊은 남녀들이 서울의 밴드 마스터를 찾아서 무작정 상경했었다지. 하지만 이미 네 아이의 엄마가 돼버린 한정임 씨를 받아줄 미친 마스터는 어디에도 없었겠지.

사실 내 엄마 한정임 씨의 음악적 재능은 선천적이든 후천적이든 친정아버지 한동필 씨의 상당한 영향력 덕분이었다.

일제강점기 말, 그 귀하디귀했다는 유성기까지 장만해놓고 노래를 즐겼다는 내 외할아버지 한동필 씨. 당신의 애창곡인 「애수의 소야곡」과 「감격시대」, 「홍도야 우지 마라」, 「번지 없는 주막」, 「나그네 설움」, 「대지의 항구」, 「선창」, 「귀국선」, 「신라의 달밤」, 「가거라 삼팔선」 등, 어렸던 한정임 씨의 귀에 자연스레 착착 감겨오던 그 노래들은 바로 음악 공부의 반복 학습이 아니었던가. 즉 현재의 '홈스쿨링' 같은 것.

방방곡곡으로 울려 퍼지는 티브이 쇼 프로그램 속에서 득실거리는 연예인들 천지로 변해버린 세상. 외할아버지가 아직껏 살아 있었더라면 혹시나 엄마의 가수 꿈을 가로막은 걸 두고 엄청 후회하지는 않았을까. "경천동지(驚天動地)할 이 놈의 세상!" 하, 그건 어림없는 소리. "내 눈에 흙이 들어가기 전에는 절대로!"를 외치면서 티브이를 박살 내어버렸겠지. 아, 청주 한씨 집안의 대원군 같았던 내 외할아버지 한동필 씨.

훤히 드러낸 팔다리를 비틀며 흔들어대고 엉덩이까지 씰룩거리며 노래하는 여자 가수들을 보고 사느니 차라리 외할아버지는 자결이라도 택했을까. 경술국치로 주권을 상실한 조국. 뒤집힌 세상의 질서를 참지 못해, 비탄에 겨워서 너무나도 야속한 그 세상을 스스로 하직해버린 우국지사처럼 내 외할아버지 한동필 씨도 어쩌면 사생결단으로 그런 미운 세상을 거부했을까.

끝나지 않은 마포종점

용민이는 갖다 대기만 해도 착 달라붙는 자석이 되다시피 할머니 몸의 일부가 되어 떨어질 줄 몰랐다. 이제 그 특유의 비나리 조의 「마포종점」을 부르지 않아도 은분 씨의 하루는 용민이로 인해 충만하게 채워지고도 남았다.

외삼촌이 아직 경부고속도로 건설공사 현장 일로 부산에 근무할 때라 구로동의 집은 세를 놓고 외할머니도 부산에 차린 외삼촌의 신접살림 집으로 합쳤다. 이로써 문자 씨와 복주 씨랑 모여서 화투를 치며 '밤 깊은 마포종점 갈 곳 없는 이 거리'를 호물거리던 은분 씨의 「마포종점」의 시대는 막을 내린 셈이다. 따라서 나도 할머니들 옆에서 성냥개비를 분질러 민화투의 셈 점수를 계산해줄 필요도 없었고, 방학이 빨리 오기를 오매불망 기다릴 일도 없었다.

첫아들 용민이를 낳고 두번째 임신을 한 외숙모가 입덧이 심하여 집안 살림과 아이보기까지 도맡게 된 외할머니는 몸이 피로하거나 목이 마르면 막걸리에 설탕을 타서 마셨다. 누구보다 막걸리 마니아였던 외할머니는 막걸리에다 밥을 말아 먹기도 했다.

나는 학교에서 글짓기 시간에 외할머니의 막걸리를 소재로 산문을 써서 뽑힌 적도 있었다. 내 글의 '보약 같은 막걸리'라는 표현 때문에 툭하면 우리 반 아이들이 '막걸리 타령'을 해댔다. 아이들은 누가 조금이라도 아픈 기색이 보이면 "야, 막걸리 마셔" 하는 통에 나는 그야말로 '술 권하는' 아이가 되어버렸다. 꼭 엄발나는 아이들이 있기 마련이라, 한술 더 떠서 내게 주모라는 좀 극악한 딱지를 붙이는 악동들도 있었으니, 이은분 씨의 막걸리 사랑은 손주들에게 어떤 징후가 되고 말았다.

외할머니가 경로당에서 막걸리 내기 민화투를 치는 할머니들과 어울려 마시거나, 공원 한쪽의 간이매점에서 십 원씩 내고 막걸리를 한 잔씩 사서 마실 때마다 할머니의 허리춤에 매달린 두 돌배기 용민이가 제비 새끼같이 가녀린 입술을 쭈뼛 내밀며 입맛을 다시고는 했다. 애처로운 마음에 할머니가 다 마시고 몇 방울 남은 막걸리 잔을 입에 대주면 용민이는 오만상을 찌푸리며 진저리를 쳤을 것이다.

"에비!" 몹시 쓴맛의 물약인 줄 알고 질겁하며 뒷걸음질 치던 그 아이도 차츰 설탕을 탄 막걸리 잔에는 다래나물 새순같이 돋아난 입술을 갖다 댔겠지. 할머니는 노란 알루미늄 양재기 잔을 물고 있는 용민이의 작은 턱을 다른 한 손으로 받쳐 주면서, 그 앙증스러운 모습에 가슴이 저미도록 짜릿한 사랑의 세포가 더욱 살아났을 것이다.

그때 할머니 은분 씨에게 막걸리란, 알코올 성분이 들어 있는 화학적 개념의 물질로 분류될 리 없었고, 그저 일상의 시름과 피로를 잊게 하는 마땅한 기호식품일 뿐이었다. 다만 금쪽같은 손자 용민이에게는 아직 생의 쓴맛 단맛을 두루 맛보기에는 시기상조였음을 인식하지 못했으니.

"어머니, 용민이한테 뭘 먹이셨지요?"

술에 취한 듯 자주 잠에 빠지는 어린 아들 용민이를 이상히 여긴 외숙모가 따지고 들었다. 세 살 입맛 여든까지 간다는데, 용민이에게 그 '최초의 맛'이라는 게 하필 알코올성 음료였으니, 용민이 엄마 김애영 씨가 기함할 노릇이었다.

'알코올중독'이란 단어조차도 생소했으니, 이 아이가 나중에 설마 술꾼이?

아이의 불온한 앞날을 입에 담기도 흉측했던 외숙모의 심사는 그때부터 어긋나고 말았을 것이다. 한없이 귀하고 복되며 감수성이 풍부한 외동딸이었던 처녀 이은분 씨가 후일의 누군가에게는 그저 주책없이 늙어빠진 구제 불능의 적대적인 존재가 될 줄이야.

드세고 팔자 사납게 늙어버린 노파. 이게 바로 며느리를 경기 일으키게 하는 시어머니의 기본 캐릭터였다. 전쟁 직후 서구식 신문화의 세례를 흠뻑 받은 신세대 여성 김애영 씨의 라이프스타일과, '호랑이 담배 피우던 시절'을 심심찮게 들먹이는 구한말 태생의 이은분 씨의 클래식한 생활 풍조는 사사건건 부딪칠 수밖에.

여태도 외할머니 은분 씨와 문자 씨, 복주 씨, 삼총사 할머니들은 각자의 화투패를 손에 움켜쥐고 끄떡없는 자세로 꼿꼿하게 밤을 샐 것이 분명했다. 그렇다면 나도 개평을 조금 더 얻어내려고 눈까풀에 안티푸라민을 한 번 더 덧발라야만 했다.

여전히 '밤 깊은 마포종점 갈 곳 없는 이 거리'를 읊조리며 은분 씨가 패를 돌리면, 침침하게 내리덮인 문자 씨와 복주 씨의 눈두덩이도 아주까리기름을 바른 듯 빤질빤질 훤해진다.

삼월 사쿠라(벚꽃)와 오월 난초, 시월 단풍, 흑싸리 껍데기, 그리고 똥피 사이에 반가운 일월 솔광(光)이 바닥에 깔렸을 것이다. 제일 먼저 광을 팔아야겠지만, 청단이든 홍단이든, 그도 아니면 초약이나 풍약이라도 딸 판이 분명했다.

"꽃 같은 이 내 청춘을 뭣하러 애꼈을 꺼나."

십 점짜리 이월 매조 짝을 채가는 손목이 날렵하다.

"그러게나, 이제 벚꽃 피면 산뽀(散步)도 댕깁시다."

삼월 사쿠라 광패를 내리치는 손목에 힘이 넘친다.

밤에 빨래를 널면 남편이 바람난다는, 그런 옛말쯤은 이젠 개가 물어가도 좋겠다는 여인네들. 젊었던 영감님들 제삿날 에는 차라리 빨랫줄에 말총체를 걸어놓는 편이 나았다. 그 촘 촘한 쳇구멍을 세느라고 동트는 줄도 까맣게 몰랐던 귀신이, 조강지처를 빨리 데려오라는 하늘의 분부도 나 몰라라 하고 새벽녘에 냅다 도망을 쳤을 테니까.

먼저 가버린 영감님들이 옆구리가 시려서 조바심 나도록 기 다리게 하는 맛도 아직 이승에 살아남은 덕이라며, 중얼중얼 매가리도 없이 흘러나오는 여인네들의 타령조에, 반쯤 감겨 서 치켜뜬 내 시야에는 가물가물 눈발인 듯 선잠이 쏟아지고.

쥘부채를 펴들고 뒤돌아 앉은 돌부처의 어깨와 허리, 아직 은 두툼하고 탄력적인, 뒤통수에 비녀도 꽂지 않은 여인들의 그림자. 나는 꿈엔 듯 성냥개비를 분질러서 구로동 세 할머니 들의 점수에 더했다, 뺐다를 반복한다.

미나카이
백화점

맨 아래층으로 내려오고부터는 거실이나 안방에 앉아 창가에 어른거리는 나뭇잎들을 볼 수가 있었다. 아이들 손가락같이 펼쳐진 단풍나무 잎사귀들과 젊은 여인네의 손바닥처럼 보들보들한 오리나무 이파리들. 그 사이로 멀리 드문드문 걸쳐 있는 새털구름도 보이고 새파란 하늘의 민낯도 반가웠다.

'고요하다'와 '적요하다' 사이에 있는 중간쯤의 의미가 이런 게 아닐까. 그런대로 행복과 불행 사이의 층간 지대에서 잠깐 살았을 것이다. 하기야 '행복'이라는 말을 써먹을 일조차 없었던 그에게는, '불행'도 역시 죽은 자들의 말처럼 쓰임새가 없기는 매한가지였다. 어쩌면 삶을 몽땅 꾸어 쓴 듯 살아온 그에게 행, 불행 따위는 별무소용이었다. 허나 그 모두

가 아득한 통로를 빠져나오기 위한 잠깐의 운신이었다는 것
만은 확실했다.

그의 걸음이 느려지고 계단을 오를 때마다 뒷다리 근육의
심한 통증으로 한번씩 주저앉을 때 비로소 그의 작은 아들은
열일곱 평짜리 주공아파트의 맨 아래층 갓집으로 부모를 옮
겨주었다.

그와 그의 아내 정임은 수족에 느슨한 힘이 남아 있을 때까
지 새벽밥을 지어 먹고 성실하게 출근을 했다. 나이에 상관없
이 일자리를 주는 공단 지대로 이주해 온 것이 그의 일생일대
의 가장 훌륭한 선택이었다. 육십이 훌쩍 넘어서도 자신의 의
지대로 삶을 결정할 수 있었던 것은 행운이 아니었을까. 이전
의 이력에 개의치 않고 마루타처럼 오직 육신을 굴리는 일에
늦도록 종사할 수 있었던 것은 그의 생애에서 축복 중의 축복
이었다.

늘 곤고하고 가혹했던 고향의 더부살이와 대도시의 빈민 생
활. 어떤 이들이 보기에는 그의 삶이라는 것이 비루한 노새나
측은한 황소의 일생에 지나지 않았을 테지만, 그런 축생보다
는 더 쓰임새 있는 인종으로 이 세상에 왔다 가고도 싶었다.

산자락 밑의 오래된 주공아파트 단지는 고즈넉한 옛 무덤
자리처럼 조용하고 호젓했다.

새벽에 묵주를 돌리던 정임이가 부엉이의 울음을 들었다.
혼자만의 시간을 감당치 못했던 정임은 새벽밥을 짓는 대신

에 촛불을 켜고 기도를 한다. 귀가 예민한 정임이가 창을 열었을 때 검은 물체가 푸드덕 날아가고는 한다. 누군가 그 어떤 예기치 못한 불행이 닥쳐도 조용히 안으로 삭일 수 있는 기운을 선별하여 그렇게 나눠준 듯, 유난히 귀가 밝은 정임의 귓속에는 소리가 스스로 와서 묵을 때도 있었다.

집 앞에 부엉이가 날아와 울면 무슨 변고가 있다던데. 그날 정임이의 직감은 빗나가지 않았다. 이제 어머니 분이도, 남편 진수도 무엇 하나 걸리지 않는 무량한 그물 속을 찬란히 유영할 것이다.

"엄마, 예전에 유근이 아저씨가 산판에 다니느라고 순애 언니를 잠깐 맡겼었는데 엄마가 그 언니를 좀 구박했다면서요? 그때 아버지는 군인 가서 안 계시고, 오빠가 떡애기 때라 애보기도 시킬 겸 순애 언니를 데리고 있었다면서요?"

"난, 다 잊어버렸다. 생각나는 게 정말 없다."

"아버지가 군에 두 번 가신 거 말예요. 그거 한 번은 외할아버지 때문이라면서요? 면장 아들 대신에 일본군에 징병 간 거 말예요."

"모른다. 너희 아버지 만나기 전인데, 내가 그런 것까지 어찌 알았겠니."

유리한 기억만을 간직하려는 정임을 그의 딸 은례는 멸시

했었다. 이제 기억들마저 정임을 멸시하는가.

"너희 아버지가 말이다. 위 아랫동네 처녀들은 다 마다하더니 글쎄 나를. 중신아비가 나를 넣었더니 대번에 오케이 하더란다."

어쩌면 노래 대신 풍〔虛風〕을 일삼았던 정임이. 동경의 음악학교에 보내라는 일본인 담임 노무라 선생의 권유에 계집아이를 사당패로 만들 일 있냐고 펄쩍 뛰던 아버지 동필의 완고함에 절망한 정임은 해방 후 쫓겨가는 일본인들을 따라 도망치고도 싶었을 것이다.

정임은 가끔 일본말을 하던 시간을 그리워한다.

일본 바이어들에게 일본어로 인사를 하고 화장실을 안내하고. 심지어는 조그만 사람이 담배를 피우면 되겠느냐고 꾸중까지 했다니. 아마 체구가 왜소하고 젊은 일본 남자였을 것이다. 정임이의 말을 그대로 믿자면, 그 남자는 죄송하다고, 잘못했다고 사과하면서 얼른 담배를 재떨이에다 눌러 껐다고했다. 정임이의 말을 한 번 더 곧이듣자면, 회사 측에서 사원들을 위한 일본어 강좌를 마련할 계획인데 정임이더러 한번 맡아보지 않겠느냐는 권유까지 했다는 것이다.

어서 오세요, 환영합니다. 실내화를 신으세요. 필요한 것이 있습니까. 화장실은 이쪽입니다. 그쪽은 창고, 이쪽은 식당입니다. 안녕히 가세요, 또 오세요……

일제 때 소학교를 다녔던 학력 덕분에 공단의 용역 잡무직에 특별히 채용될 수 있었던 정임이가 사용한 일본어라는 게 고작 그 정도였을 것이다.

정임의 기억은 이제 토막토막 남은 꿈이 되어서 조각난 퍼즐의 한 귀퉁이를 겨우겨우 맞추고는 한다. '미나카이'가 없어졌다고 애석해했다. 아버지 동필은 '미나카이'에 가서 정임의 소학교 입학 선물로 '쎄라복(세일러복)'을 사주었다. 그런 '쎄라복'을 입을 수 있었던 여자아이는 동네에서 손가락에 꼽을 정도였다고 할 때마다 자부심이 넘쳐흘렀던 정임의 표정을 어린 은례는 놓치지 않았다. '미나까이?' 그것은 대구에 있었던 근대식 최고의 백화점으로 엘리베이터까지 설치했다잖은가.

정임은 또, 아버지 동필이 사준 '쎄라복'을 입고 매주 월요일에 신사참배 하러 다니던 달성공원, 그 입구에 확인 도장을 찍어주었던 안내소 자리만 그대로 있고 모든 게 다 없어져버렸다고 고개를 갸웃거렸다.

"엄마, 정말이야? 여기 어디에 그런 곳이 있었단 말이에요?"

도대체 정임이의 기억을 믿을 수가 없다고 은례는 절레절레 도리질을 친다.

"여길 갔다 올 때마다 수첩 검사를 받았지. 도장이 안 찍혔으면 손바닥을 쇠 잣대로 맞았는데 그게 얼마나 아픈 줄 아니?"

*

목백일홍이 피기 훨씬 전 봄밤이었다. 백일해 기침으로 자지러지는 갓난쟁이 딸을 집에 남겨두고 정임은 그 소학교 운동장을 가로질러 가고 있었다. 밤마다 도깨비들이 그 아래 모여서 춤을 춘다는 아주 오래된 느티나무 밑을 지날 때는 머리카락이 곤두서는 무섬증에 발이 헛놓였지만, 정임은 희미한 달빛에 빌고 또 빌었다. 거무스레한 그림자들이 사박사박 정임의 뒤를 따라와 귀기마저 드리워진 오밤중이었다.

낫을 든 정임의 손목이 가늘게 떨렸다. 백일해 기침으로 숨 넘어가는 어린 딸을 위해서, 정임은 아직 잎눈도 틔지 않은 백일나무 가지 하나를 툭 분질렀다. 부러진 나뭇가지를 치마폭에 감싸 안고 소학교 운동장을 되돌아 나올 때 정임이의 등 뒤에서 하낫 둘, 하낫 둘! 밤도깨비들이 체조하는 소리가 들렸다.

히토츠, 후타츠, 밋츠, 욧츠! 어린 동무들의 낭랑한 구령 소리도 들려왔다. 아사코, 에이코, 요코, 검정 멜빵 운동복 차림으로 행진하던 상고 단발머리의 계집애들.

꽃이 피기 시작하면 백일 동안이나 은성하게 만개하여 여름과 가을 사이의 수상한 시간의 흐름을 잊게 하는 배롱나무. 백일해 기침과 그 백일나무 사이의 상관관계를 정임이도 그의 딸 은례도 지금껏 알지 못한다. 어쨌든 백이라는 숫자의 어림만으로 약리작용이나 화학작용을 능가하는, 민간요법적 치유의 힘 덕분인지 어린 딸은 곧 백일해 기침이 뚝 떨어졌다. 정임의 친정어머니 분이가 일러준 비술의 처방전 같은 그것은 어린 외손녀 은례에게도 요긴하게 먹혀들었다.

"네 외할머니가 말이다. 밤에 손재봉틀을 달달달 돌리고 있으면 그 소학교 운동장에서 도깨비들이 하낫 둘, 하낫 둘, 하고 체조를 하는 게 창문 너머로 멀리 보였단다. 다음 날 아침 나는 학교에 가서 도깨비들이 남긴 게 뭐 없나, 하고 운동장 한 바퀴를 뺑 둘러보았지만 아무것도 없었지 뭐냐."

정임은 도깨비가 밤마다 나와서 춤을 췄다는 그 소학교의 검은 느티나무 그림자가 드리운 운동장을 얘기할 때마다 도리질을 하곤 했다.

"언니가 있었어, 야스코라고. 친언니가 없던 내게 참 잘해주었지. 원래 이름은 경자였을 거야. 먼 촌에서 이사 왔다가 한 삼사 년을 꿇었으니까 나보다 서너 살은 많은 열일곱이나 열여덟은 되었지 아마. 전에는 드문드문 그 언니가 꿈에 보였는데 이제는 아주 안 보인다. 꽃같이 예뻤으니까 꽃들이 만발한 세상에서 잘 살고 있겠지."

야스코 언니가 일본으로 돈 벌러 간다고 떠날 때 열네 살 정임은 아직 어려서 따라갈 수가 없었다.

도깨비불이 덮쳐오는 밤마다 소녀 적 은례의 몸은 불덩이 신열에 떨면서 천길 깊은 바닥 아래로 까무룩히 낙하했다. 꽃

같이 예뻤으니까…… 누굴까? 황금빛 바람의 물결이 일렁이는 벌판 사이로 꽃 양산을 쓰고 가는 저 여인은. 인상파 화가 클로드 모네의 그림 속에서 보았던가. 형체도 불분명한 그 여인은 양귀비꽃이 흐드러지게 핀 언덕을, 초록 융단을 깔아놓은 부드러운 보리밭을 지나가기도 했다. 치맛자락을 사뿐 날리며 청은빛 구름밭을 가고 있는 그 여인을 은례는 하염없이 따라가다가 깨어나기도 했다.

*

"사오, 사오…… 우리 사오가 왔구나."

분이의 안갯빛 눈자위가 물큰하게 짙어진다. 겨우 달싹이는 마른 입술 사이로 깊고 깊은 암흑의 홀이 언뜻 열린다. 혼몽 중에도 애잔하게 불러볼 수 있는 마지막 이름을, 하직의 순간까지 영원한 그 이름을 빛처럼 따라가면 가벼울까.

"사오 딸, 은례예요."

눈동자와 흰자위의 경계도 없이 그저 희뿌연 구멍 자국 같은 분이의 눈에서 츱츱한 물기가 배어 나온다. 분이의 착란은 집요한 기다림 끝에 아주 벅차게 왔다. 알탕갈탕 뼈저리게 부었던 무지개 만기 적금통장처럼.

은례는 두 손을 모아 외할머니 분이의 마른 손을 쥔다. 생선껍질을 덧씌운 듯 분이의 손등에 아직 조금 살아 있는 말랑한 감촉이 생소하다.

다듬이로 탕탕 두들기며 명태껍질을 벗기던 분이의 손을 은례는 기억한다. 사오의 술국을 끓여주라며 분이는 딸 정임에게 북엇국의 숙취 효과를 일러주고는 했다. 분이는 자신의 두 손 껍질이라도 벗겨서 국을 끓여낼 수도 있었을 것이다. 사오를 위해서라면.

아주 옛날엔 숨이 넘어가는 아들의 입에 자신의 식지를 칼로 베어 피를 짜 넣어주던 어머니도 있었다는데. 아마 분이도 중환자실에서 숨을 넘기는 사오에게 충분히 그리하고도 남았을 것이다.

"네 어미는?"

분이는 근래에 맏딸 정임을 통 볼 수가 없었다. 천지 분간이 어려운 중에도 딸을 찾는 늙은 어미의 입매가 일그러진다. 쥐어짜내던 소리마저 가랑잎같이 말려 들어간 혀뿌리에 걸려서 완전히 바스러져버리고, 분이의 목청은 더 이상 열리지 않는다. 사람에게서 제일 나중 쇠하는 게 목소리라던가.

"사오, 자, 어서 와 앉으소." 딸 정임이 봐준 술상 앞에서 흥분을 감추며 사위를 채근하던 분이의 젊었던 얼굴과 목소리가 은례에게는 아직도 생생하다. 막걸리 사발을 권커니 잣거니 하는 외할머니와 아버지의 막역지교가 은례에게는 가풍처럼 자연스러웠다. 사위를 위해 분이가 직접 술상을 볼 때도 있었다. "자, 우리 사오도 한잔 받으시게." 때로는 저잣거리의 주모처럼 걸걸하고도 찹찹했던 분이의 음성이 은례의 귀에 쟁쟁하다.

소리, 기운, 육체. 은례는 잠시 혼란스럽다. 도대체 무엇이 존재인가? 누군가 분이의 의식을 조절하는 마지막 끈을 잡아채지 않는 한, 분이는 계속 매달려서 발버둥을 칠 수밖에 없잖은가.

"엄마는 아직 잘, 아버지 가신 거 실감이 안 날 거예요."

지가, 저승사자야, 뭐야. 면회 시간이 끝났으니 나가달라고 재촉하는 검은 제복의 남자 직원에게 은례는 억하심을 드러낸다.

하마 내일일까, 모레일까, 죽음의 문턱에서 순번을 기다리는 중환자실의 대기자들. 생사여탈의 권한을 쥔 그들의 주인들. 사지의 매듭 줄이 다 끊어진 이 가련한 마리오네트들에게 한번쯤의 자비를 베푸는 일이 그리 어려운가.

링거 바늘이 꽂히지 않은 분이의 한쪽 손이 하르르 떨리며 헛놓인다. 직원에게 떠밀려 나가는 은례는, 마지막 할 말이 있다는 듯 안간힘이 실린 외할머니 분이의 손짓을 그저 외면할 수밖에 없었다.

*

신랑은 동네 면장 댁의 늙은 머슴 총각. 처녀네 집에서는 살림 밑천이라 했던 맏딸을 보잘것 하나 없는 그 남자에게 보내야만 했다. 열아홉 살 정임은 시집가기 바로 전날 밤까지 빈 곳간 속에 숨어서 울었다.

"진수 그 총각이 나이가 좀 있어서 그렇지, 인물도 좋고 착실하다고 소문이 났니라. 널 데려가면 아주, 잘해준다고, 너희 아버지와 약조했니라." 정임의 어미 분이도 울고불고하는 딸을 달래느라 혼삿날 새벽을 뜬눈으로 밝혔다.

정임의 친정아버지 동필은 누구 못지않게 현명한 아버지가 되고 싶었다. 가족들과 일가친척들에게 독재자 왕처럼 군림했던 그는 자신의 짧은 명이 다했음을 알고 맏딸 정임의 혼사를 서둘렀다. 시대마다 그 주인을 믿고 섬기는 봉건의 이념이 어찌 그 모두에게 두루 금과옥조가 될 수 있었을까. 신의하고 성실함이 누군가에게는 덕이 되고, 어떤 누군가에게는 죄가 되었다.

면장 친구 덕분에 이장직을 얻었던 동필은 동네 청년들에게 황국신민의 의무인 징병과 징용을 권유했었다. 해방이 되자 그는 동네에서 제일 먼저 타도의 대상이 되었다. 육이오가 터지자 동필은 다시 동네 사람들에게 부역을 종용했다. 역시 면장 친구를 돕고자 했던 일이었다. 그러나 전쟁이 끝나자 또 한 번 동필의 죄상이 만천하에 낱낱이 드러났다. 그는 쑥대밭이 된 집안에 맏사위라도 봐둬야 제대로 눈을 감을 수가 있었을 것이다.

'제가 어찌 감히, 천부당만부당입니다'라고 펄쩍 뛰는 시늉이라도 한번쯤은 있어야 도리가 아닌가. 천하의 불상놈. 기다렸다는 듯이 넙죽 절을 바치는, 겸양지덕이라고는 눈곱만큼도 찾아볼 수 없는 불충한 놈. 아, 네깟 놈까지 나를…… 나라가 망했을 적에도 동필에게 그런 잔인한 패배감은 없었다.

정임이 일본으로 가지 않았던 것은 아버지 동필의 힘이 많이 작용했으리라. 지극한 황국신민의 충성도를 증명하기 위해서는 먼저 솔선수범해야 한다는 면장 친구의 회유가 있었음에도 자신의 딸만은 곱다시 지켜줄 수 있었던 것. 그것은 개처럼 충직했던 동필의 보람이었을까.

바느질이며 음식 솜씨가 맵짜했던 분이. 그 남자 진수는 동네 아낙들 중에서도 분이의 인정과 진설함이 좋았다. 내게도 어머니가 있었다면 분이 같은 사람이 아니었을까. 진수는 이다음에 분이 같은 여자에게 장가들고 싶었다. 그러나 진수는 분이 같은 색시가 아닌 정임과 혼인했다. 분이의 딸 정임은 아버지 동필 쪽을 더 닮았다.

그는 정임을 맡아달라는 동필의 청을 거절하지 않았다. 비록 배우지 못하고 가진 것은 없으나 예의 바르고 의리 있는 남자이고 싶었던 진수. 일본군 징집 출정식이 있던 날, 아무도 슬피 배웅해줄 사람 하나 없는 송별의 아침에 그에게 주먹밥을 싸준 이는 바로 분이였다. 그때만 해도 진수 그는 분이가 자신의 장모가 되리라고는 언감생심 꿈도 꿀 수 없었다.

유성기를 틀어놓고 고개를 까딱거리며 노래를 따라 부르던 아버지 동필의 모습을 정임은 바로 어제인 듯 기억한다. 그릇이며 옷감이며 층층마다 빼곡한 신식의 기물들을 구경하기 위해서 승강기를 타고 오를 때의 두근거림이 되살아난다. 하지만 그런 짜릿한 행복의 극치감은 오래 머물 수 없다는 것을 아버지 동필은 왜 가르쳐주지 않았을까. 올라가기 위해서는 반드시 내려오고 있음을 뻔히 눈앞에서 지켜볼 수밖에 없었던 '미나카이' 승강기. 그마저도 결국 자취도 없이 헐려 나가지 않았는가.

간이 붓고 쓸개가 녹아서 더 이상 가망이 없다는 의원의 진맥이 아니었더라도 동필의 명줄은 벌써부터 과열된 고압선처럼 타들어가고 있었다. '미나카이' 백화점 꼭대기층 카페에서 고위직 인사들과 차를 마시며 교제하던 동필이 한갓 소읍의 촌구석에서 자고새면 논밭으로 흩어지는 무지렁이 민초들을 상대로 이장질이나 해먹자니 속에서 천불이 날 만도 했을 것이다. 해방이 되었으나 하릴없이 뒤숭숭한 부지하세월. 그러나 비등점에 바글바글 치달았던 동필의 뜨거운 피는 좀처럼 식을 줄 몰랐다.

시대의 주인을 결코 저버리지 않았던 신실한 삶에 보너스처럼 반전의 기회가 주어진 것일까. 인민군이 마을을 점령했을 때 동필은 잔치라도 벌일 것 같았다. 집집마다 뜨신 밥을 차려 낼 것을 종용하는 이장 동필의 심장에 미꾸라지 새끼를 잡아 넣은 듯 온몸의 혈관이 파닥거렸다. 유성기를 틀어놓고 어깨춤이라도 덩실덩실 추고 싶었다. 동네에 오직 하나뿐인 유성기, 그러나 그건 빼도 박도 못하는 유산자 계급의 징표였다.

'거리는 부른다, 환희에 빛나는 춤추는 거리다⋯⋯' 번쩍거리는 금속 나팔관 스피커에서 울려 퍼지는「감격시대」의 흥겨운 노랫소리에 갑자기 콩을 볶는 따발총 소리의 엇박자 코러스가 얽혀들었다. 광포한 행진의 축가 한 토막이 파열음을 뿜어내며 튕겨 나왔다. 곧이어 반동 행위에 대한 동필의 자아비판을 클라이맥스로, 얼빠진 잔치는 막을 내려야만 했다.

애지중지 보물단지 같았던 동필의 유성기. 동네잔치가 있을 때마다 보시하듯 소리를 틀어주지 않았던가. 성무애락(聖無哀樂), 누가 노랫소리에 슬픔과 기쁨이 없다고 했던가. 군자는 모름지기 악(樂)을 알아 수양을 쌓고 온유돈후(溫柔敦厚)하여 성인의 덕을 베풀어야 마땅하다 했거늘.

휴일 날, '미나카이' 백화점의 승강기를 오르락내리락 같이 타고 놀면서 정임에게 '셈베(센베이)' 과자를 한 아름 사주었던 아버지 동필의 시간을 그대로 멈출 수는 없었을까. 누군가는 차마 그렇게 독립이 될 줄은 몰랐던 그 수상한 시절들을 잘 버티고, 그토록 오래 살아남아서 매일 아침 일천오백 개가 넘는 세계의 명산들을 줄줄이 외우며 흩어지는 언어의 조각들을 붙잡고자 체머리를 흔들었다던가.

동필에게도 여생이 있었다면 박살 난 유성기의 레코드판들을 추려 모으며, 흥얼흥얼 염불 같은 노래 가사를 외우고는 했을까. 하지만 마흔네 살, 젊은 나이의 죽음이야말로 동필의 삶에 완전한 반전이 아니었을까.

집을 떠나 먼 일터에 있었던 진수는 기피자 단속반에 걸려서 현장범처럼 바로 잡혀갔다. 그는 이미 일제강점기가 한창 막바지로 치달릴 즈음 일본군대에 다녀온 적이 있었다. 하지만 그건 어차피 남의 나라 군대였기에 해방된 조국에서는 다시 군역의 의무를 지켜야만 했다. 진수가 늦게까지 군대에 가지 않은 건 의도적으로 군역을 회피한 것이 아니었다. 육이오 이후의 어수선한 시절이었으니 당시의 병사계 행정 시스템도 엉성하여 징집 영장이 제대로 발부되지 않았던 것. 국가의 모든 행정제도가 그야말로 중구난방 식이던 때라 그처럼 느닷없이 법 조항에 걸리는 경우가 비일비재했었다.

그 시절, 대한민국의 어떤 남자는 군대를 두 번씩이나 갔다고 하지 않았던가. 동네의 면장이라는 사람이 자기 아들 대신 순진하고 힘없는 어린 청년 하나를 바꿔치기해서 군대에 보냈던 것. 군 복무를 마쳤으니 맘 놓고 생업에 힘쓰려 하던 참에 또 한 번 벼락같이 징집 영장이 날아들었다니, 아마도 그 사람의 두번째 군 생활은 분노에 찬 절치부심의 시간들이었을 것이다.

그 사람에 비하면 진수의 급작스런 징집은 차라리 운이 좋은 편이라 했을까. 하지만 어린 아내와 갓 태어난 아들이 남아 있는 집에다가 기별도 제대로 못하고 바로 굴비 두름으로 엮여 갔으니 그의 군 생활은 절치(切齒)까지는 아니더라도 애가 마르고 가슴이 타들어가는 부심(腐心)의 시간들이었으리라.

목숨을 바쳐 공놀이를 하던 부족이 있었다지. 왕과 귀족들이 참관하는 축구 경기에서 패자 쪽의 선수들은 자신의 목을 내놓아 신전의 제물로 바쳐야만 했었다지. 죽음을 각오하고 공을 굴려 찼던 그들의 심장은 지레 터지지 않았을까. 그들의 혈액 속에는 이미 유황불의 고압 전류가 흘러넘쳤을 것이다. 관중석의 야유와 환호도 모두 처형 집행자 망나니들의 포효쯤으로, 이미 생사를 초월한 팽창된 환청 속에서 그들은 불멸의 짐승처럼 산등성을 뛰어올랐을 것이다.

진수는 논산훈련소의 철조망을 열두 번도 더 뛰어넘고 싶었다. 아직 아비의 얼굴도 익히지 못한 핏덩이 아들과 세상 물정에 어두운 백치 같은 아내를 누가 돌보아줄 것인가. 차라리 지옥문을 열라, 하면 다시 한번 열 수도 있었으리라. 생지옥 같았던 일본군에서도 살아 돌아온 그가 아니었던가.

졸지에 굴비 두름으로 엮어져 끌려가다시피 했지만 조국의 군대에는 기쁘게 갈 수도 있었다. 그때, 진수는 면장 어른께서 이미 손을 써놓은 줄로 알았다. 당신의 아들을 대신해서 순한 머슴을 일본군의 전쟁터로 내보냈으니 적어도 병적계의 처리는 깔끔하게 매듭지어놓은 줄로 알았었다.

"그 집안에서 일찍이 조실부모한 너를 거두어주었으니 너 또한 응분의 보답을 해야 할 것이다. 그게 인간의 도리 아니겠느냐."

"백번 지당하신 말씀입니다."

피가 뜨거웠고 근육이 단단했던, 그리고 드높은 마음을 가지고 싶었던 진수는 인간 사이의 의리를 믿고 지키려 했었다. 면장의 친구인 동필의 훈계가 없었더라도 진수 그는 능히 천번이라도 따랐을 것이다. 쥐도 새도 모르게 숨어버렸다는 면장 어른의 큰아들, 그런 잘난 사내는 어쨌거나 살아남아서 잃어버린 조국을 위해 큰일을 도모해야 하는 게 세상 이치에 맞았으니까.

＊

따져보자면 그 남자의 일생도 소의 삶과 다를 게 없었다. 사육되는 가축으로 혹독하게 부려지다가 끝내는 비육 덩어리로 절단의 칼날 앞에 꿇어앉는 물체의 실존. 그 축생의 육해

(六骸)는 작은 생선의 몸통 이상으로 샅샅이 발라진다. 그들은 비육, 우유, 가죽 어느 하나도 버릴 것이 없다. 심지어 그들의 사골까지 우려내지 않는가. 소는 최후까지 여지없는 공(空)의 삶을 산다.

허나 소처럼 그런 일생을 살았다 한들 그는 이제 유용하지도, 무용하지도 않다. 늘 미안했던 삶. 그는 이제 주인집 침상의 이불을 가지런히 개어 얹듯이 단정하게 빠져나왔다.

마치 한창 젊었을 때처럼 그의 몸이 가볍고도 완강한 느낌이다. 제 몸 둥치의 서너 배나 되는 나뭇짐을 지고 시루봉 깔딱 고개를 거뜬히 넘을 때 불끈 솟은 장딴지의 힘줄이 그의 손에 분명 만져진다. 귀도 잘 들린다. 초가을 늦은 밤까지 소여물을 썰고 있으면 동무하자고 나타나던 귀뚜라미의 스르륵거림 소리까지도 다 들린다. 귀가 열리니 몸과 마음, 천지사방까지 뻥 뚫린 듯 나른하면서도 가뿐하다.

음성으로는 도저히 발화될 수 없는 것들을 들으려고 그의 귀가 멀지는 않았다.

보청기를 권하는 아이들에게 그만 듣겠다고 잘라 말했었다. 아이들은 대화가 안 되는 불편을 겪었지만, 그의 소관이 아닌 것은 흘러가게끔 두는 게 옳았다.

그 안의 불이 꺼진 것도 맞춤하다. 큰 딸애와 어미 사이에 일어나는 크고 작은 불꽃의 파장에도 그는 이제 무연하다.

"외할아버지가 사실은 대구 전매청에서 해고를 당했다면서요? 그래서 다시 고향으로 낙향하신 거라면서요." 집요하게 지나간 시대를 헤집어내려는 큰 딸애는 어미의 오락가락한 기억들을 닦달하고는 했다.

독립군의 밀사였던 분이의 큰오라비, 그 큰처남을 밀고하고 진정한 황국신민이 되어 한 급 더 높이 승진하고 싶었던 동필의 야망. 하지만 그런 행운은 이미 한 발 더 빠른 고등계 포수가 채어가버리지 않았던가.

"결국 당신의 치욕을 만회하기 위해서 고향의 가엾도록 순정한 한 어린 머슴의 삶을 유린한 거 아닙니까?" 면장 친구에게 전적으로 협력했던 외할아버지 동필의 이력을 귀신같이 들춰내는 딸애에게 정임은 때로 기가 질린다. 저년은 도대체 어떻게 내 배 속에서 생겨난 걸까.

그의 군 휴가 중에 나눴던, 슬프고 기뻤던 만큼 더 갈급했던, 꿀처럼 달았던 그 순간에 선물처럼 왔던 아이. 그러나 늘 손님 같았던 큰 딸아이. 그 애는 뒤집힌 퍼즐 조각들을 꿰어맞추기 위해서는 어미의 결락된 기억들 속에서 외할머니 분이의 몫도 찾아내어야만 했다. 하지만 분이에게서 캐낼 수 있는 건 마흔네 살, 젊었던 동필의 죽음이 너무 귀납적이었다는 추론 정도뿐이었다.

"그 썩을 놈의 영감탱이, 선불 맞은 승냥이처럼 무단히도 설쳐 쌌더니만, 제 명을 재촉한 게지." 결국 분이의 원망도, 썩을 놈의 영감탱이 동필도 이미 썩을 대로 썩어지고 말았다.

매시간이 체에 친 것처럼 술술 빠져나갈 때는 그저 어귀차고 헐떡였다. 그런 단속적인 찰나의 시간들은 차륜 밑의 자국처럼 지워져버렸지만, 그가 낳은 아이들이 아이들을 낳고, 그 아이들이 또 아이들을 낳아서 담쟁이넝쿨이나 칡덩굴처럼 시간과 공간을 헤집으며 무성하게 뻗어나가지 않겠는가.

그는 이제 뒤꿈치가 닿지 않는 대지의 묘연한 종적. 이 세상에 온 것도 아니고, 오지 않은 것도 아니고 싶었다.

*

러시아 풍의 군가도 아니고 게르만족의 민요조도 아니고, 더더욱 왜색 짙은 엔카의 곡조를 닮은 것도 아니었다. 음울하면서 경쾌한, 건조하면서도 애가 끓는 듯한 남자의 노랫소리가 옆집 벽을 타고 넘어왔다. 가사를 구분할 수 없으니 그저 곡조라고 해야 할 것이다. 이른 아침, 만담가들의 대화처럼 도통 주고받는 높낮이도 없는 중저음의 음성들로 가득했던 티브이 소리도 없었다. 그러니 남자의 어중간한 노래를 방송국에서 전파하는 주파수에 맞춰진 계획된 소리라고 판단하기에는 미심쩍었다.

식전 댓바람부터 들려오는 남자의 노래. 살아 있거나 죽어 있는 자들의 경계에서 불리던 제례악의 한마당 같은, 목멘 생혼들을 위로해주는 소리. 이제 아무도 옆집 남자의 소리처럼,

벽에 달라붙어서 귀를 열고 닫지 않아도 될 것이다.

"나는 말이다, 네 아버지가 보고 싶을 때는 노래를 부른단다."

이제라도 노래방 기계를 들여놓자는 딸애의 권유에 정임은 됐다며 손사래를 친다.

냉장고를 바꿔준다 했을 때 차라리 중고 노래통 기계나 하나 사달라던 아내 정임에게 그는 여편네가 허파에 바람이 단단히 들었다고 퉁을 주었다.

"산 차지 물 차지는 총독부 차지요, 이내 몸 차지는 정든 님 차지라……" 분이가 장구를 치며 부르던 노래를 그는 기억한다. 그가 정임과 혼인한 다음 날, 차일을 치고 잔치를 벌일 때 동네 사람들의 성화에 못 이겨 노래하던 장모 분이는 끝내 눈물을 보이고 말았다.

분이 같은 어머니, 분이 같은 색시. 반쯤은 분이의 딸이었던 정임이.

그는 어쩌면 두 겹의 한 세상을 살았다. 정임을 맡아달라는 동필의 청 속에는 서른 중반에 청춘과부가 된 분이도 포함되어 있지 않았겠는가.

이제 귀가 제대로 열린 그에게 소리란 소리는 죄다 노래일 뿐이다. 킁얼킁얼 정임이의 얕은 콧노래가 돌아누운 그의 등 뒤에서 불규칙한 코골이처럼 잦아든다. 고즈넉한 무덤 자리 같았던 그의 마지막 거처, 정임은 꿈속에서 얼핏얼핏 그를 보았을 뿐이다.

그날 새벽에 정임이가 혼자 들었던 부엉이의 울음소리. 조용히 창문을 닫고 묵주를 굴리던 정임이의 귀에 푸드덕 날아가던 검은 물체의 날갯짓 소리가 여전히 들려왔다. 그리고 젊었을 적 어머니 분이가 들었다던 밤도깨비들이 체조하는 소리도 연달아 들려왔다.

친정어머니 분이마저 떠난 후 이제 모든 기억의 소리들은 제 스스로 자리를 찾아갈 것이다. 늘 부르는 듯 애초의 선연한 곡조가 되어 흘러갈 터이다. 그 노랫소리는 지상에서 그토록 불러보고 싶었던, 그 이름들의 귓가에 깊이깊이 스며들 것이다.

녹두장군을
닮은 사람

어린 시절의 고향은 세상 어느 곳에도 없다는 느낌이 든다.
　　　　　—아고타 크리스토프, 『존재의 세 가지 거짓말』에서

　　고모할머니가 밤늦도록 재봉틀을 돌리고 있으면 하낫 둘, 하낫 둘, 도깨비들이 그 밑에서 밤 체조를 했었다는 초등학교의 둥구나무는 그대로 있었다. 엄마도 다녔었다는 일제 때의 그 소학교. 추석 다음 날이라 교정은 텅 비었고, 그 둥구나무 아래서 웬 초로의 여인이 홀로 앉아 막걸리 병을 나발 불어 마시며 노래인지, 넋두리인지를 토해내고 있었다. 앞섶을 풀어 헤친 채로 도취한 그 여인은 비현실적인 풍경 속의 초상 같았다.

　　흰색 무명 셔츠에 해녀 잠방이 같은 검은색 짧은 쓰봉(바지)을 받쳐 입었던 상고 단발머리 소녀들. 일본 사람 노무라 선생의 구령에 맞춰서 유희를 하던 그녀들 중의 하나일지도 몰라, 내가 엄마의 손을 잡아끌었으나 그 여인은 자기 주먹으로 자기 가슴만 칠 뿐 인적을 전혀 눈치채지 못했다.

"실성했는갑다."

엄마는 당신 또래의 그 여인에게서 민망한 시선을 거두었다. '지서'라고 불렀던 사거리 파출소 앞을 지나갈 때는 이른 봄의 그날처럼 머리끝이 쭈뼛거렸다. 녹두장군을 닮았던 그 사람이 떠올랐다. 문 앞의 통행로 한가운데 바투 꿇어앉아 상체를 빳빳이 세우고는 두 손을 모아 싹싹 빌어대던 초로의 남자. 검붉은 가죽을 씌운 듯 홍인(紅人) 같은 얼굴빛의 그 사람. 삐뚤어진 상투 끝으로 흰머리 터럭이 삐져나왔고 구릿빛 맨다리에 지렁이 같은 심줄이 불뚝거렸다. 사진으로 본 잡혀가는 녹두장군의 형상과 너무나 닮았던 그 사람. 내가 분명 헛것을 본 것도 아닌데 그날, 그 사람에 대해서 말하는 사람은 아무도 없었다. 도시물을 먹은 마당깨 삼촌마저도 그냥 반란군의 아버지라고만 했다.

반란군? 혹시 녹두장군처럼 탐관오리에 분노하여 앞장서서 싸우다가? 모랭이 당골네 새끼무당 선화가 들려준 파랑새 노래와 전봉준 장군 얘기가 떠올랐다.

새야 새야 파랑새야 녹두밭에 앉지 마라.
녹두꽃이 떨어지면 청포 장수 울고 간다.

반란군, 그게 나랏일에 거역하는 대역죄인을 뜻하는 것쯤은 알겠는데 도대체 백주에 석고대죄의 자세로 지서 앞에 꿇어앉은 그 사람의 아들이 저지른 상세한 죄목은 무엇일까. 어린아이인 내가 그런 걸 꼬치꼬치 캐묻는다는 자체가 죄의 구렁텅이로 빠져들 것 같은 무섬증이 일었다. 어쨌든 큰 죄를 지었으면, 저렇게 아버지란 사람이 맨땅에 꿇어앉아 아들을 대신해서 용서를 빌어야 하는구나. 그 앞을 다시 지날 때마다 나는 칼집에 꽂힌 칼을 확인하듯 조심스레 내 몰랑한 옆구리 살을 더듬고는 했었다.

쪼깐이 고모할머니도 어쩌면 저토록 지서 앞에 꿇어앉아서 손이 발이 되도록 싹싹 빌어야 하는 날이 오지 않을까. 혹시 마당깨 삼촌도 언젠가 나라에서 금한 일에 가담하는 반란군이 된다면 말이다. 녹두장군을 닮은 그 사람을 떠올릴 때마다 지레 찌릿하게 내 오금이 저려왔다.

하라는 공부는 안 하고 밖으로만 나도는 것 같다고, 전주 하숙집에 다녀온 고모할머니가 걱정하는 말을 들었다. 상리에는 중학교까지만 있으니 하나뿐인 아들을 전주의 고등학교로 보낼 수밖에 없었던 쪼깐이 고모할머니네는 그야말로 바람 잘 날이 없었다. 하기야 앞마당의 감나무와 대추나무, 뒤란의 살구나무까지 그렇게 가지가 많았으니 살랑바람이 불기만 해도 고모할머니가 무명 치맛말 같은 흰 수건으로 머리통을 질끈 동여매고 이 앓는 소리를 했었지. 그럴 때마다 쟁니

이모는 미끄러지는 고무신짝을 질질 끌며 모랭이 당골네로
달려가고는 했으니.

동네 사람들이 사거리에 새로 들어선 의원이나 약방을 두
고도 영험의 약발이 더 세다는 믿음을 버리지 않는 한, 모랭
이 당골네는 여전히 마을의 용한 주치의이자 해결사였다. 주
인댁의 돼지 새끼가 어미 돼지의 뒷발에 치여 죽거나 생때같
은 송아지가 갑작스레 여물통 앞에서 거품을 게워내며 주저
앉아도 꼴머슴들은 '니미럴, 씨부럴'을 내뱉으며 당골네로 달
려가야 했으니까.

갓 신내림을 받은 새끼 당골 선화가 생솔가지 하나를 꺾어
들고 종종걸음으로 나타났다. 기생처럼 오른쪽으로 여민 치
맛자락을 움켜쥐고서. 새치름하고도 해사한 고운 각시 같은
그녀가 단숨에 들이켠 한 사발 물을 다시 입으로 뿜어내면서
설쳐대기 시작했다.

아직 작두를 타기에는 역부족인 그녀의 흰 버선발이 순식
간에 더럽혀졌다. 부엌 바닥에 쪼그려 앉은 쪼깐이 고모할머
니에게 겉치마를 뒤집어쓰게 한 다음 "일월성신, 천지사방
구데우데 장군님네여!"로 시작하는 주문을 외웠다. 끝이 말
려 들어가 쪼그라진 왕골돗자리 위에 모로 쓰러진 고모할머
니의 헤풀어진 앞섶의 치맛말기, 흥분이 고조된 새끼 당골네
가 찬장 밑의 식칼을 빼어 들고는 그을음이 시커멓게 낀 부엌
천장의 서까래를 향해 눈을 치뜨고 홱, 홱, 귀신 쫓는 소리를

내지르는 장면들.

애들은 보는 거 아니라고 단속을 했지만, 사거리 장터에 들어오는 일 년에 한두 번 볼까 말까 한 서커스 곡마단도 어느 해엔 그냥 지나쳐가는 마당에 그처럼 획기적인 이벤트를 놓친다면 진짜 멍청한 상리 아이들이었겠지. 언니와 오빠들이 엄마들의 한복 치마를 거꾸로 뒤집어쓰고 손목에 버선을 씌운 채로 공중에 떠다니는 귀신 놀이를 하는 것도 다 거기서 힌트를 얻은 것인데 어른들은 그런 사실을 알기나 했을까.

고모할머니가 끙끙 앓아눕든 말든 머슴처럼 늘 일만 했던 고모할아버지. 집안의 대소사에는 별로 관여를 안 하고 뒤로 빠져서 멀뚱히 구경만 하는 그 할아버지를 나는 정말 어디서 꾸어 온 사람인 줄로만 알았다. 다리 밑에서 주워 온 아이가 있듯이, 장터거리에서 빌려 온 어른도 있을 테니까.

"우리 봉이 왔구나."

그 할아버지는 담뱃진이 짙게 밴 똥색 이빨이 다 보이도록 내게 웃어주었지만 나는 답례의 웃음은커녕 뾰로통해져버렸다. 내가 뭐 봉이 김선달인가, 엄마는 왜 하필 금붕어 태몽을 꾸었을까.

내 이름 '금봉'에서 앞의 '금'자를 빠뜨려먹고는 늘 '봉이, 봉이'라고만 부르던 고모할아버지의 장딴지에도 굵은 지렁이 서너 마리가 파고든 듯 심줄이 툭툭 불거졌다. 그 검붉은 맨다리를 질질 끌며 소처럼 일했던 것도 다 금쪽같은 막내아들

마당깨를 위해서였다는 것쯤은 하나 마나 한 얘기가 아닌가.

"하여간 식자우환이라고, 머리에 먹물이 잘못 들었다가는 나랏일에 반대하는 사람이 되기 십상이잖소."

옛날 진사 벼슬을 살아먹었다는 집안의 '하여간' 박사의 큰손자도 서울로 공부하러 갔지만 4·19 때 데모를 해서 출셋길이 막혔다고 했다. 언제나 '하여간, 하여간'을 갖다 붙이며 시작되는, 그 할아버지의 말씀. 상리 사람들에게 공자님 말씀이 따로 없었다.

그러니까 마당깨 삼촌도 혹시? 쪼깐이 고모할머니가 당골네를 찾아다니며 그토록 치성을 드리는데 설마?

엄마가 툭하면 '고모, 고모' 하면서 소쿠리를 끼고 풀빵구리 쥐처럼 드나들었던 쪼깐이 고모할머니네 외아들 마당깨는 나와는 오촌 간인 외숙의 아명이었다. 고모할머니가 빗자루로 마당을 쓸다가 애를 쑥 낳았다고 해서 붙여진 이름이다. 그의 큰누나인 쫑니 이모 역시 고모할머니가 부뚜막을 닦다가 쑥 낳았으니 매우 민첩하고 적시적인 이름이었다.

집집마다 부뚜막에 모시는 조왕신에게 새벽마다 우물의 청정한 첫물을 떠다가 정화수로 바치고는 했는데, 쫑니 이모는 그 조왕신의 도움으로 태어났으므로 '조왕녀'라고 불러야 마땅했지만 차마 그 신성한 이름을 붙이지 못하고 그냥 '쫑니'라고 불렀던 걸까.

박혁거세와 석탈해, 김알지 왕처럼 탄생의 신비에서 비롯된 이름은 아니었지만, 어쨌거나 아이들의 이름을 척척 잘도 갖다 붙이던 사람들. 쫭니와 마당깨, 그 밑으로 죽은 딸 꼬시랭이와 막내딸 딸막이를 낳은, 내게는 고모할머니인 그이의 아명은 쪼깐이. 쪼그마한 아이가 젖도 쪼끔씩 빨고 너무나 더디 커서, 그이의 어머니인 서운네가 그리 불렀다는데. 위로 언니만 다섯인 막내딸 서운이. 아들을 간절히 바랐으나 딸만 내리 여섯을 봤으니 그 집안이 얼마나 서운했을까.

내 이름 금봉이. 낳고 보니 아이가 어찌나 목화꽃 송이처럼 탐지고 포동포동했는지, 바로 내 밑의 남동생 그 갓난아이에게 소캐(솜)라는 이름을 즉시 지어주었다는 내 엄마가 아닌가. 아, 엄마 쪽 가계 사람들의 그 천부적인 엉터리 작명술이라니. 그나마 내게 '상뽀(밥보자기)'나 '보재기(보자기)'라는 이름을 붙여주지 않은 게 얼마나 고마운지!

"막 태어난 애기가 어찌나 머리카락이 새까맣고, 웃자라 있었는지 눈을 찌를 지경이었단다. 삼칠일이 지나자 바로 네 아버지가 대문간의 금줄을 걷어내고, 너를 안고 삼거리 이발소로 가서 상고머리로 깎아줬잖니."

세상에나, 스무 날 정도의 갓난아기에게 바가지 머리를? 그 같은 나의 첫 외출은 아마 당시로는 퍽이나 늦은 나이에 딸을 얻은 내 아버지의 자랑이었으리라.

그때 내가 엄마의 자궁 살을 찢고 머리통을 막 내밀었을 때

"아기가 검은 비단 상뽀를 쓰고 나온 줄 알고 깜짝 놀랐었다"
는 엄마의 과도한 수사법은 내 이름을 바로 상뽀라고 부르고
도 남았을 법한데. 하지만 내 이름 금봉은 내가 엄마의 자호
(子壺) 속에 심어진 씨앗이었을 때부터 이미 결정되어버렸으
니 나는 엄마 배 속에서 세상 밖으로 나오기 이전부터 심히
안심할 수가 있었다. 새벽녘에 맑은 물에서 황금 붕어와 빨강
붕어가 신나게 헤엄쳐 노니는 꿈을 꾼 엄마가 그날 아침에 고
모할머니에게서 들었던 해몽의 말이 이제 막 움트려는 내 떡
잎 속 귀뿌리에까지 들려왔으니 말이다.

"틀림없는 태몽이다. 딸이 맞을 게다. 아주 영리한 아이를
낳겠구나."

고모할머니의 들뜨고 사분한 음성이 사이다 가스처럼 내
숨구멍을 활짝 열어젖혔다.

'영리한 아이'라는 해몽을 들은 엄마는 '금봉'이라는 딸의
이름을 일찍이 심중에 굳혔던 것이다. 하마터면 '상뽀'나 '보
재기'가 될 뻔했던 내 이름 '금봉(錦鳳)'은 아, 정말 천만다행
이었다. 이왕이면 다홍치마라고, 금봉이 훨씬 좋았던 엄마.
'붕'을 가볍게 '봉'으로 둘러방칠 줄도 알았던 엄마의 센스는
가히 탁월하다, 할 것이다. 다만 '봉이 김선달'까지는 예측하
지 못했다는 애석함이 남기는 했지만.

아마도 봉황의 '봉(鳳)'자가 엄마의 과도한 욕망을 부추겼
으리라. '내 딸아, 너는 절대 나처럼 살지 말거라.' 모든 엄마

들이 갖는 소망을 내 엄마도 딸의 이름에서부터 발원했었으리라.

오목이 언니. 날이 다 저문 어스름 녘에 오목이 언니는 내게 논우렁을 잡으러 가자고 했다. 대여섯 살짜리 나를 데리고 가봤자 방해만 될 터인데도 내 손목을 잡고서 내 짧은 걸음에 보조를 맞추며 신작로를 건너 아랫담 논배미까지 갔었다. 아마도 저녁 찬거리를 걱정하던 그 언니네 엄마가 지령을 내렸으리라.

복순이라는 이름을 제쳐두고 오목이라고 불렸던 언니. 둥그스름한 얼굴이 오목조목하니 복스럽게 생겼다 해서 붙여진 별명이었다. 짓궂은 사람들은 '조목이'라고도 불렀다. 그때 복순이 언니는 겨우 열두어 살쯤이었으니 그 언니 또한 나보다 두 배 정도 세상을 더 살았을 뿐인 어린아이가 아니었던가.

나는 논둑에 쪼그리고 앉아서 언니가 무논에 엎디어 가녀린 발목을 깊이 묻어가며 고둥을 잡는 모습을 지켜보고만 있었다. 아직 초여름이 닥치기 전이라 다행히도 거머리가 언니의 뽀얀 종아리에 파고들지 못한 것에 나는 적이 안심했으리라.

아이들의 연한 살갗에 찰싹 달라붙은 징그러운 거머리는 종아리나 엉덩이에, 심지어 똥구멍까지 악착같이 파고 들어갔다. 그것은 너무나 끈덕지고 미끈거려서, 가는 나뭇가지나 날카로운 돌멩이로 긁어서 떼어내야만 했다. 그래서 엄마들은 절대적으로 아주 어린 우리들에게 물속에 들어가지 못하게 금족령을 내리고는 했다. 자기 아이 아랫도리의 한 살점에서 피가 철철 흘리는 광경을 어느 엄마가 참아주겠는가.

밭을 갈다가 넘어져서 쟁기날에 발목을 움푹 찍힌 오목이 언니네 아버지는 혈관이 터져 퉁퉁 부은 그 자리에 왕거머리를 붙이고 피를 빨게 했다. 사혈침 대신이라 했다. 그것은 내게 섬뜩한 괴기의 장면이 아닐 수가 없었다. 민간의 가담항설을 소재로 한 영화라고 치면 말이다. 지렁이의 그런 의학적 치료 능력을 알 바 없었던 나는 그저 진저리를 치며 욕지기를 참았다. '찰거머리 같은' 따위의 지독한 욕보다 더 모진 뭔가가 있구나, 이 세상에는 정말.

자기 아버지의 복사뼈 언저리에 붙어서 피를 빨던 거머리를 목격했던 오목이 언니는 나처럼 치를 떨기보다는 오히려 거머리에게 고마워했을까.

오목이 언니가 손가락에 묻은 새카만 흙물을 헹구고서 자기가 잡은 논고둥 반쯤을 덜어서 내 작은 소쿠리에 넣어주었다. 아, 정말 우렁각시 같았던 오목 언니. 집에 와서 내가 잡았다고 그것들을 엄마에게 내놓았는데, 그걸 곧이곧대로 믿었다면 엄마는 정말 머리가 나쁜 거였다.

"내가 소학교 오학년 때 열병을 앓아서 머리가 다 빠졌지 뭐냐. 그래서 내가 학교를 안 가려고 했지. 애들이 분명히 '중대가리'라고 놀릴 테니까."

엄마는 자신의 소학교 성적이 신통치 못했음을 들키는 상황에서는 꼭 어렸을 적에 앓았다는 열병 핑계를 대고는 했다. 도대체 그 열병이라는 게 뭔지, 머리가 빠졌다는 그 병에 대해서 꼬치꼬치 캐묻는 건 엄마의 자존심을 크게 건드리는 일이었으므로 나는 짐작만으로 그쳤다. 아무튼, 엄마가 공부를 잘한 건 아니었구나.

"나는, 음악은 늘 수를 맞았지. 그래서 노무라 선생이 일본으로 나를 데려가려고 했었잖니. 동경의 음악학교에 가야 한다고. 아이고, 너희 외할아버지가 절대로 안 된다고 어찌나 펄쩍 뛰셨는지."

아이고, 그놈의 노무라 선생은? 내 귀가 뚫리기 시작한 이래로, 귀에 딱지가 앉게 들었던 이름. 엄마는 자신의 열등감이 탄로 날 때마다 노무라 선생을 팔았다. 그때 만일 엄마가 노무라 선생을 따라서 일본으로 갔었다면? 적어도 이웃의 여자아이가 장딴지에 흙물을 들이며 캐낸 논우렁에 입이 헤벌어지며 된장국을 끓이는 가난한 촌 아낙네는 되지 않을 수도 있었을까.

딱히 거짓말을 할 생각도 아니었는데, 사실 그것은 전부 오목이 언니가 잡은 것이라고 왜 나는 말하지 않았을까. 엄마를 기쁘게 해주려는 내 작은 노력?

일본인 선생을 따라가고 싶었던 엄마의 영원한 판타지, 그 닿을 수 없었던 것에 대한 미련은 어떻게든 보상받아야 한다는, 쪼그만 인간으로서의 내 막연한 옹호와 의리. 그때 내가 정말 그렇게나 철이 들어서 세상의 이치와 섭리를 조금 알아차렸다면, 무얼 먹고 저렇게 영특한 아이를 낳았느냐는 동네 아낙들의 입에 발린 칭송이야말로 어쩌면 엄마에게 조그만 보상과 위안이었을까.

아무튼 엄마가 다른 삶을 살았더라면, 내 엄마로 만나지 못했을 것이라는 인연의 순리와 변칙들. 그리고 아득한 고향의 전설 속 같은 사람들 가운데 한 사람이었던 오목이 언니. 사랑이 사랑인 줄도, 선물이 선물인지도 몰랐던 나.

오목이 언니가 내게 건네준 또 다른 선물은 알록달록한 헝겊 조각이 들어 있는 작은 상자였다. 가난한 시골 마을에서는 흔치 않았던 반듯한 사각형의 비단 천 조각들이 담겨 있었다. 나중에야 알았다. 우리 집이 서울로 이사 간다는 것을 알고 언니가 이별의 선물로 준 것이라는 것을. 나는 그 아름다운 천 조각들을 한동안 간직하고 있었다. 그러나 도시의 속악한 여자아이가 되면서 그것들을 함부로 팽개쳐버렸을 것이다. 작은 상자 속, 요술 나라의 꽃밭처럼 곱고 반듯하게 들어 있던 내 유년의 공간은 그렇게 무너졌을 것이다. 오목이 언니의 바래지 않은 그 천연의 마음을 깨달은 후에는, 너무 늦었던가.

뒤늦게 고향 소식에 묻어온 오목이 언니의 근황은 윗동 마을 대밭집으로 시집을 갔으나 아직 아이를 낳지 못하여 시어머니에게 구박을 받는다는 것, 거기까지였다.

앵순이. 아주 어렸을 적의 고향 친구였던 그 애. 도랑가에서 다투고 놀다가 내게 떠밀려서 도랑물 속에 거꾸로 처박혀 자칫 죽을 뻔했던 아이. 그때 앵순이 그 애는 왜 그렇게 나를 열받게 했는지. 아마 그건 내가 전주 외가에 갈 수 있는 아이였기 때문이었을 것이다. 도시 구경을 한 번이라도 했던 아이와 태어나서 한 번도 도시에 나가보지 못한 아이 사이의 미묘한 감정 마찰이 명경 같은 동심에 파문을 일으켰던 걸까.

앵순이와 내 불화의 시초는 그 전주행 버스였다. 상리에서 하루에 서너 번씩만 지나가는 버스를 보고 손이나 흔들어댔지 한 번도 그 버스에 올라타본 적도 없는 앵순이, 그 애가 전주행 버스를 엄연히 타본 경험이 있는 나를 무시하고 믿지 않는다는 게 얼마나 답답하고 화가 났던지.

신작로에서 버스가 다니는 것은, 버스의 바퀴가 그냥 저절로 굴러서 가는 것이 아니라 운전수 아저씨가 핸들을 잡고 왼쪽 오른쪽 양옆으로 돌리기 때문인 것을 아무리 설명해도 앵순이 그 애는 막무가내로 우겨대기만 했다. 그 애는 버스의 핸들을 좌우로 돌리는 것이 아니라 앞뒤로 돌린다는 거였다. 그 애는 제 두 손목을 엇갈리게 겹쳐 모은 다음 실패에 실을 감듯이 앞뒤로 돌리는 시늉까지 해 보이면서 강하게 반박했다. 나도 질세라 핸들을 잡은 아저씨의 손 자세를 좌우로 자세히 흉내 내어 취하면서 앵순이의 우매함을 몰아세웠다. 아니 어떻게 버스의 핸들을 앞뒤로 돌릴 수가 있단 말인가. 그게 무슨 연줄을 감는 얼레도 아니고.

"분명히 내 눈으로 똑똑히 보았단 말이야, 이 가시내야!"

나는 드디어 폭발하고 말았다. 나는 앵순이 그 애를 도랑물 속으로 밀어뜨리고 집으로 도망쳐왔다. 씩씩거리며 뛰어 들어오는 나를 발견한 엄마가 놀라서 이유를 물었지만, 나는 무겁게 침묵해야만 했다. 나는 그저 억울했고 슬펐다. 내가 직접 관찰하여 체득한 사실이 부정당하는 것에 어떻게 대처하고, 또 확실한 정의를 어떻게 세워야 할지?

나는 상처 입은 어린 짐승처럼 컴컴한 광 안으로 들어가 웅크리고 앉아 있을 수밖에. 나는 자다가도 깨어서 입을 앙다물면서 앵순이 그 애에게 욕을 중얼거렸다지.

그 뒤로 앵순네가 다른 동네로 이사를 갔다. 상리에서 그리 멀지 않은 그곳은 우리 동네보다는 덜 촌구석인, 말하자면 그 당시 막 생겨나는 뉴타운이었던 곳. 누구보다도 부지런했던 앵순이 아버지가 돈을 모아서 그 동네에다 새 주택을 샀는데, 무슨 얄궂은 천지신명의 농단인지. 그 집 앞으로 흐르던 큰 냇물, 이사한 지 석 달 후에 앵순이는 결국 그 큰 도랑물에 빠져 죽고 말았다.

결국이라고? 그래, 내게도 분명히 일말의 죄의 몫이 있었다. 나는 그 애를 이미 우리 동네의 도랑물에 처박아 넣지 않았던가. 접싯물에 코 박고 죽는다는 속담도 있지만, 도랑물에 처박혀 죽는다는 것은 어떤 운명인지, 그렇다면 나는 그 애의 운명에 미리 한 줌의 재를 뿌렸던 게 아닌지.

버스의 핸들을 앞뒤로 돌리거나 양옆으로 돌리거나, 그게 버스가 굴러가는 데 그리 큰 작용을 하는지? 차라리 앵순이의 주장대로 앞뒤로 돌리게끔 핸들이 만들어졌더라면, 나는 전주행 버스 안에서 기사 아저씨가 할머니들이 실을 잣는 물레를 바퀴처럼 가슴에 세워 끌어안고 돌리는 것 같은 그런 모습을 보았을 테고, 결코 앵순이 그 애를 도랑물 속에다가 밀어 넣는 참사도 일어나지 않았을 텐데.

오빠와 내가, 소캐가 차례로 태어난 그 집은 무너지고 없었다.

아버지는 그때 당신이 제재소에서 가져다 쌓아놓은 피죽 더미 사이에서 말라비틀어진 병아리의 사체를 발견하고는 '내 집에서 어째 이런 일이?' 하는 기시감 같은 것을 느꼈을까.

날갯죽지 사이로 터진 핏자국이 선명한, 그런대로 잘 마른 육포처럼 꼬들꼬들한 병아리의 그 쪼그만 몸통을, 헛간 정리를 하던 아버지가 고개를 갸웃거리며 집어내던 장면. 내려가지 않는 체증처럼 철부지 때 지은 내 살생의 원죄. 그 죽은 병아리가 가끔 꿈속의 수면 위로 떠오르고는 했다. 언젠가 내가 받게 될지도 모르는 징벌의 예감으로.

나는 왜 그때 입을 뗄 수가 없었을까. 사실은 오목이 언니네 그 병아리가 우리 집으로 갑자기 쳐들어오는 바람에 내가 자꾸 쫓아내도, 쫓아내도 도망가지를 않았다고. 삐악삐악 소리를 지르며 당황한 병아리가 나를 물어뜯으려고 한 것은 아니지만, 어쩐지 나는 그 순간 긴박한 위험을 느꼈다고. 그래서 내가 먼저 그 병아리를 뒤쫓아 공격할 수밖에 없었다고. 순식간에 벌어진 일이라서 나도 너무 놀라고, 울음을 터뜨릴 만큼 끔찍했지만, 그때 우리 집에는 아무도 없었다고.

여섯 살이었던 내가 피죽 더미 사이의 나뭇가지 하나를 주워 들고 헛간 안으로 숨어드는 병아리를 향해 덤벼드는 살벌한 그림이라니. '암만해도 이건 아니다!' 싶은 게 고개가 절레절레 자동인형처럼 돌아가고 만다. 도대체 인간의 자식인 내가 그깟 약병아리를 상대로 추노하는 사냥꾼의 자세를 취하다니.

병아리의 죽음과 저주, 그건 필시 어떤 기운들의 마찰이 아니었을까.

"장맛이 변하면 집안에 변고가 있다는데."

흰 사기 종지에 장을 뜨던 엄마의 심상한 목소리. 검지를 찍어 장맛을 보던 엄마의 움찔했던 표정. 치맛말을 움켜쥔 채 내달리던 엄마의 뒷모습이 타임 슬립 풍으로 연이어 떠오른다.

"쇳소리가 들리는구나, 쇳덩이에 죽은 원귀가 자네 집안의 운을 다 막고 있으니 어서 풀어주게나."

모랭이 당골네의 점괘는 생뚱맞았지만, 아, 병아리는 쇳덩이가 아니니까, 참 다행이었다.

하긴 뭐, 모랭이 당골네는 찍어다 붙이기에 이력이 난 사람. 이 마을 저 마을 대소사의 소문들을 장사 밑천으로 꿰차고 있다가 '썰' 풀기. 그깟 난삽한 퍼즐 맞추기도 못할 정도로 멍청해서야 어떻게 점을 친단 말인가. 큰아버지의 '제무시'에 깔려 죽은 어린 사내아이의 원한을 쇳소리가 나는 사건 현장의 곡두 출현과 연결 짓는 것쯤이야 식은 죽 먹기였겠지.

사실 그 불운의 원죄는 자동차 사고를 낸 후 고향을 떠난 큰아버지의 몫이 아니었나. 큰아버지의 천추의 한이 된 제무시, 그것은 어마무시한 쇳덩이가 아니었던가. 그 뒷바퀴에 치여 죽었다는 큰아버지 친구의 어린 아들.

"머스마가 얼마나 잘생겼는지, 아깝지, 아까웠어. 그 집 엄마가 그 자리에서 팔짝팔짝 뛰었지." 엄마의 기억 속에 뚜렷이 존재하는 그 아이, 마치 나도 잘 알고 있는 듯.

내게 큰아버지는 늘 푸른 수의를 입은 죄수의 모습으로 각인된 사람.

"네 큰아버지가 전주 형무소에서 징역살이할 때 너희 큰엄마와 내가 면회를 함께 다녔었잖니." 엄마의 눈을 통해 내 심안에까지 찍힐 줄이야? 그때 나는 아직 태어나지 않았는데도.

여기서 잠깐, 그 큰아버지의 세밀한 '캐릭터'를 엿보자면.

장남이었던 그 사람은 고향 상리에 병든 홀어머니와 어린 동생들을 남겨두고 일본으로 튀었었다지. 폐족이 되다시피한 집안을 반드시 다시 일으켜 세우겠다는 비장한 포부를 품고서. 결국 일제강점기 때 자신의 입신양명을 위해 자진해서 도일(渡日)한 부류들 중의 한 사람이 되었던 그는 운전 기술을 배워 와서 해방된 조국의 고향 땅 상리에서 최초의 개인 운수사업자가 되었다지.

'제무시'라고 불렸던 중고 트럭을 구입하여 전국을 휩쓸고 다니며 가마니에 쓸어 담을 만큼 큰돈을 벌어들였다는 그 사람. 예쁜 첩을 들였고, 더 큰 사업을 벌였고, 그리하여 가는 곳마다 더 젊은 첩을 더 두었고, 아뿔싸! 결국 사람을 치어 죽이는 교통사고를 냈다지. 그것도 제일 친한 친구의 다섯 살배기 아들을. 그래서 감옥살이를 했고, 그다음은 하루아침에 내리막길이었다지. '피는 건 힘들어도 지는 건 잠깐'인 것이, 어디 '선운사 동백'뿐일까.

사실 엄마는 외갓집이 있는 전주로 이사 가기를 소망했을 것이다. 엄마는 자주 친정 나들이로 전주에 다녀오고는 했는데, 엄마가 가져온 보따리 속에서는 도시의 물건들과 함께 도시의 환상들이 쏟아져 나왔다. 외할머니가 보내온 도시 아이들의 옷과 신발 덕분에 우리는 전형적인 농촌 마을인 상리에서 제법 세련된 축에 들 수 있었다.

특히 오빠는 자신이 그 동네에서 짜장면을 제일 먼저 먹어본 아이가 아닌가. 세상에서 그보다 더 기차게 맛있는 건 어디에도 없을 것이라는 짜장면. 아버지를 따라 전주에 다녀온 오빠만이 맛보았던, 마르고 닳도록 상찬했던 그 주관적인 설명만으로는 도저히 가늠할 수 없는 최고치 미각의 극점. 도대체 그 실체는 어떤 것일까. 엄마가 커다란 도마 위에 생 밀가루를 설설 뿌려가며 방망이로 반죽 덩어리를 여러 번 밀고 밀어서, 그것을 다시 종잇장처럼 둥글게 말아서 칼로 쓱쓱 썰어 만들던 칼국수와는 사돈의 팔촌쯤도 안 되는 것이겠지.

전주의 삼남극장에서 보았다는 「춘향전」과 「홍길동전」 만화영화. 오빠가 묘사해내는 도시의 풍경들은 나를 자극하고 상상하게 만들었다.

오빠는 또 이모들과 삼촌이 부른다는 미국 노래 흉내도 냈다. "오오호— 쌔— 애드 무비, 얼웨이스 '매미' 클라이." 변성기 전의 남자 어린아이의 새된 음성으로 반복해서 불러젖히는, 이상스러운 매미 울음소리 같기도 한, 오빠의 그 생뚱맞은 노랫소리는 동네 모든 아이들의 구강을 전염시켰다. 찬가인지, 타령인지 우리들이 뜻도 모르고 합동으로 홍얼거리는 "울리— 불리" 같은 얼치기 영어 노래는 한창 쇠락해가는 농촌의 암울한 정경과 기이한 하모니를 이뤄냈을 것이다.

아버지가 고향을 떠야겠다고 결심할 때쯤 전주 외할머니의 꿈자리가 그리도 어수선했다고.

"너희 집 삽짝 앞에 커다란 정자나무가 있는데, 아 글쎄 그것이 뽑혀서 거꾸로 서서 너희 집 안으로 들어가더라. 아, 그게 무슨 변고인가 했더니만?"

전화가 있던 시절이었더라면 외할머니의 그 꿈은 바로 전해졌을 것이다. 아마 그랬다 해서 달라질 것은 없었을 테지만.

어쩌면 전주 외할머니의 꿈은 개꿈인지도 몰랐다. 내 고향 집 대문 앞에는 정자나무는커녕 빨랫방망이만 한 새끼 오동나무 한 그루도 없었으니까 말이다. 아니, 외할머니의 꿈은 영험할 수도 있었다. 그것은 피죽 더미 사이에 꽂혀 있던 나뭇가지가 아니었을까.

오목이 언니네 병아리가 우리 집 마당으로 쳐들어왔을 때 내 작은 손에 움켜쥐고 있던, 그 약병아리를 찌르던 피 묻은 나뭇가지가 외할머니의 꿈에서 정자나무로 둔갑한 게 아니었을까. 옛날부터 당굿을 지낼 때면 억울한 귀신이 그 아래 와서 곡하는 소리가 들렸다는, 마을 지킴이 나무의 전설도 있었으니까.

사실, 전주 외할머니의 꿈이 아니었더라도 아버지의 출향은 이미 예정된 셈이었다.

아버지의 어엿한 직장이었던 목재소는 곧 큰 도시로 옮겨 갔다. '벌목 금지'라는 국가의 산림보호 정책에 따라 구조조정 합병이 된 셈이었다. 선택의 갈림길에서 고향을 택했던 아버지. 그 뒤로는 늘 스쳐 가기만 하는 아버지의 행운들. 아버지의 동료들은 그때 안정된 직장이었던 목재소를 따라서 상리를 떠났다는데. 하지만 아버지는 고향에서 어떻게든 살아보려고, 살아보려고 했었다고.

엄마도 다녔다는 그 초등학교. 오십여 년, 실로 그 반세기도 넘은 해후에서 여태도 남아 있는 게 뭐가 있을까. 새로 조성된 명자나무 울타리를 둘러보던 엄마가 백일나무가 다 없어졌다고 허탈해했다. 아마 백 일 동안 무성히 꽃이 핀다는 배롱나무였겠지.

내가 백일해 기침으로 숨넘어갈 때 나뭇가지 하나를 툭 분질러서 달여 먹였더니 사흘 만인가, 닷새 만인가 기침이 거짓말처럼 뚝 떨어졌다는 그 나무. 외할머니가 일러준 대로, 둥구나무 속의 귀신들이 잠들기를 기다려 수탉이 홰를 치는 새벽녘에야 헛간의 낫을 빼 들고 운동장을 한 바퀴 돌아가서 그 백일나무 가지 하나를 툭 분질러 치마폭에 감싸 안고 줄달음쳐 왔었다는.

"엄마, 여기 사거리 파출소 앞 생각나? 이 자리에서 어떤 아저씨가 무릎 꿇고 앉아서 싹싹 빌고 있었단 말예요."

"몰라. 난 하나도 모르겠다. 변해도 너무 변했어. 어디가 어딘지 모르겠는걸."

기억하고 싶은 게 없다는 걸까. 엄마는 그러나, 이 진사 댁의 하여간 박사 영감이 '휘이, 휘이'를 외치며 새 쫓는 소리가 여전히 들린다고 했다.

내 고향이라기보다는 엄마의 고향인 상리.

서울에 있는 대학 공부까지 시킨 외아들 마당깨가 정부를
비판하는 데모꾼이 됐음에도 도통 낌새를 채지 못했던 어미.
무력했던 자신을 탓하며 가슴을 치다가 병이 들었던, 늘 무명
수건으로 머리를 질끈 싸맸던 쪼깐이 고모할머니의 탕약 찌
꺼기만큼이나 누리끼리하고 씁쓰름하게 졸아붙어 있었다.

　그 요란했던 딸막이 이모의 슬픈 연애담도, 이제는 고향
'상리'라고 발화될 때 물큰 배어나는, 삭은 동치미 국물 맛 같
은 시그무레한 회상일 뿐.

　*오오오 쌔애드 무비 얼웨이스 메익미 클라이, 뚜비 뚜비 뚜
비 뚜비, 어머니는 눈물을 흘리며 돌아온 내게 무슨 일이 있었
냐고 물었죠……*

　마당깨 오라비를 보살피라고 서울로 보내졌던 막둥이 딸막
이가 「슬픈 영화(Sad Movie)」를 부르며 미쳐서 나돌아다니
자, 밤마다 숯불에 달군 돌덩이를 가슴에 얹어야만 잠들 수
있었던 고모할머니.

워싱턴 광장의
수지 이모

맞은편에 앉아 있는 중년의 남녀 한 쌍. 저들의 관계가 부부일 리는 없다. 여자의 손이 남자의 한쪽 허벅지에 올려져 있다. 습관인 듯 여자의 손은 가만있지 않는다. 주무르고 쓰다듬고, 남자의 바짓가랑이 한가운데로 넘어가지 않는 게 천만다행. 사찰의 보살상처럼 풍부하게 넘쳐흐르는 여자의 얼굴선이 위태해 보인다. 수북하고 두툼한 손등이 더욱 여염집의 아낙은 아닐 것이라는 의심을 산다. 침침한 내실의 탁자 밑도 아닌, 휴일 오전의 전철 안에서 여자의 대담함은 뻔뻔함으로 왜곡된다. 마른오징어 가면이라도 쓴 듯 윤곽이 흐릿한 얼굴의 남자가 다리를 꼬아 고쳐 앉으며 여자의 손을 맞잡아 쥔다.

저 여자에게 남자를 위하여 밥상을 차릴 만한 힘이 더는 남아 있지 않았을 때도, 저 남자는 저렇게 여자의 손을 잡아줄 수 있을까. 아니, 남자를 위하여 더 이상 가랑이를 벌려줄 수 없을 때가 오더라도.

종점이 가까워지자 전철 안의 통로가 확 뚫렸다. 소요산을 오르려는 등산객들과 연천행 중앙선으로 갈아타려는 나들이객들만 남고 모두가 썰물처럼 빠져나간다. 메마른 풍경이 스쳐 가는 차창 너머로 언뜻언뜻 연초록의 실루엣이 찬란하다.

상춘객의 인파에 섞여서 나는 몇 차례 더 이런 순례객이 되어야 할지. 이 무미한 여행은 곧 갈아탈 대기 역이 없음에도 조바심만 난다. 내가 주말마다 동두천 답사를 하게 된 것은 수지 이모가 잠시 정신이 들어온 듯 힘겹게 밀어낸 "턱거리"라는 불분명한 발음이 단서가 되었다.

인삼파스, 전철 안에서 파는 품목 중의 하나다.

아픈 데만 바르는 게 아닙니다. 밤에 잠이 안 올 때 이것을 발바닥 한가운데다 붙여주세요. 바로 잠이 오실 겁니다. 한번 믿어보세요.

전철 안의 행상인은 열혈 전도자처럼 '믿어보세요'를 남발한다. 발바닥 한가운데, 아마 용혈 자리를 말하는 것이겠지. 그곳에 인체의 모든 기가 집중되어 있다고, 준비운동으로 시작하는 발바닥 두들기기를 하며 요가강사가 일러주었다. 무용과를 막 졸업한 젊고 아리따웠던 그 처녀 선생의 친절함이 불현듯 그리워진다. 급소와 같은 곳이어서 위급한 상황에 아주 강하게 찌르듯이 눌러주면 효과를 볼 수 있다고 했다. 일시적인 효과라 해도, 허망한 줄을 알면서 믿고 싶은 것들.

역사를 빠져나오자 썰렁한 거리가 오래된 필름을 돌리는 영사막같이 펼쳐진다. 미군기지 잔류에 반대하는 붉고 흰 현수막 두 개가 나란히 나부끼는 풍경이 익숙한 듯 낯설다. 동두천 사람들의 돈줄이었던 미군 부대가 이제는 동두천의 발전을 가로막는 눈엣가시가 되어버렸으니.

택시 승강장을 찾아 두리번거리는데 불쑥 시커먼 물체가 내 시야를 가린다. 우람한 체격의 흑인 청년 하나와 나 단 둘뿐이다. 그는 전봇대를 스치듯 내 옆을 그저 무심히 지나쳐 갈 뿐인데 어이없는 불안감이 슬며시 내 뒷덜미를 훑는다.

삐빠빠룰라, 오 쉬즈 마이 베이비, 삐빠빠룰라 삐빠빠룰라

그 옛날 수지와 애리 이모가 입에 달고 살았던 꼬부랑 노래가 들려오는 듯 흐느적거리는 리듬에 나는 두리번거리고 만다. 정확한 뜻도 모르고 따라 불렀지만, 어린 우리들도 대충 그 노래의 분위기와 의미는 눈치채지 않았던가.

어리석다, 어리석다, 도리질을 치지만 쫀득한 압박감의 라텍스 장갑을 낀 그 보이지 않는 손이 내 전신을 더듬는다. 그 청년이 곧 나를 따라올까 봐 종종거리며 공원 쪽을 향해 내처 걷는다.

춘래불사춘(春來不似春)! 동두천의 봄은 언제나 오려나. 처처에서 꽃이 피는 게 아니라 처처에서 의혹의 잡풀만 살아

난다. 심란한 봄바람에 뒤척이는 잡풀 같은 내 불안함은, 어쩌면 엄마에게서 물려받은 업장의 씨앗에서 발아된 것일지도 모른다.

"동두천에서 턱거리는 웬만한 클럽보다는 수입이 좋았지. 거친 미군들을 직접 상대하니까 위험하기도 했지만, 따로 뜯기는 데가 없으니 해볼 만했을 거야. 선자 개가 원래 욕심이 많았거든."

담요를 한 장씩 접어들고 부대를 따라 산으로 들어갈 때도 있었다고 했다. 나는 그게 일본군 위안부들 얘기인 줄 알았다. 일제강점기가 삼십여 년이나 지난 시절, 미군이 주둔한 동두천에도 그런 게 있었다는 사실. 만일 내 엄마도 이모들처럼 좀 더 젊었더라면?

수지 이모가 한국에 남겨진 자신의 아이들을 위해서 부쳐준 달러를 가로채지 않고, 차라리 엄마도 클럽에나 나가는 게 옳았을까.

"아픈 데만 바르는 게 아닙니다. 밤에 잠이 안 올 때 이것을 발바닥 한가운데다 착 붙여주기만 하면 편안한 잠을 주무실 것입니다. 한번 믿어보세요."

한번 믿어보세요, 한번 믿어보세요. 인삼파스를 살 걸 그랬나 보다. 엄마도 엄마가 필요했던 밤 시간들. 엄마는 늘 불안하고 초조하다 했었다.

"그래도 살아야 했으니까. 그땐 모두가 죄인이었지."

*

　김선자 할머니가 사라졌다는 전화를 받았을 때 나는 차라리 안도감마저 들었다. 옛 선승들이 때가 되면 홀로 조용히 산속으로 들어가서 종지부를 찍었다는 천화(遷化). 어쩌면 큰이모의 생을 한 방에 격상시킬 수 있는 방법이 아닌가.

　조금 일찍 정신 줄을 놓아버린 수지 이모를 받아주는 곳은 요양병원 말고는 아무 데도 없었다. 잠시 의식이 돌아와 "턱거리"라는 발음을 어눌하게 뱉어냈지만, 그마저도 결코 큰이모의 제정신은 아니었다.

　양공주라는 주홍글씨의 수용소에서 비로소 석방된 수지 이모에게 요양병원이야말로 안락한 기숙사 같은 곳이 아니었을까. 정당하게 분배된 배당금 같은 말년의 삶. 생로병사의 인생의 종점이란 누구에게나 공평하게 불우하기 마련이니까.

　"인생은 엔조이야!" 어쩌면 수지 이모가 옳았다. '엔조이' 하지 못했던 삶이 너무나 억울해서 허탈에 빠진 탈바가지들, 늙은 파충류의 얼굴들. 파충류의 젊은 모습이란, 구별할 수 있는 것일까. 그럼에도 나는 '늙은'이란 수식어를 붙일 수밖에 없는 그런 그들의 모습을 목격해야만 했다. 여성도 남성도 아닌, 그저 목숨붙이일 뿐인 존재들.

　내가 수지 이모를 마지막으로 본 것은 삼 개월 전쯤이었다. 이태 전, 애리 이모의 장례식 때까지만 해도 수지 이모는 요양

병원으로 갈 만큼 파삭할 정도는 아니었다. 젊은 날 한때, 고랑포에서의 명성이 영화배우 문희나 윤정희를 훨씬 능가했던 큰이모. 사실 내게 아직도 선명하게 남아 있는 이모들의 이미지는 잠깐 동안의 그 고랑포 동네 시절 때 새겨진 것이다.

지금은 옛 지명을 딴 '장단콩' 덕분에 약간의 이름을 얻고 있을 뿐 이미 쇠락하여 그 옛날의 번성과 영화의 흔적마저 지워진 경기도 연천군 임진강 강변의 어촌마을. 마포나루에서 새우젓 배가 들어올 때만 해도 흥청망청 호황기였지만, 우리는 그런 호시절이 다 끝나갈 무렵에 전쟁의 패잔병처럼 그 동네로 찾아들었다.

수지와 애리는 김선자와 김선심의 예명이었다. 문희와 윤정희처럼 영화배우도 아니면서 예명을 가졌던 여자들. 본래의 운명을 거부하고 새로운 인생의 개척자가 된 것이다. 스무 살을 갓 넘은, 꽃송이 같았던 이모들. 선자와 선심이었던 이모들이 수지와 애리라는 예명을 달고, 옆구리에는 아이 하나씩을 끼고 고랑포로 우리 집을 찾아왔을 때 께름하게 술렁이던 분위기. 어린 우리도 개처럼 예민했고 직감이 빨랐다. 이모들은 처음엔 그냥 외제 장수였다.

"저년들 자매가 똑같아. 갈보 같은 년들, 어디 후릴 데가 없어서 이런 촌구석까지 들어와서……" 엄마의 등 뒤에서 공공연하고 당연하게 이모들에게 쌍욕을 하는 여자들이 엄마와는 사이가 좋다는 사실과 그런 여자들에게 아무런 적의를 갖지 않는 엄마의 형편없는 자존심이라니.

"우리 고향은 충청도야. 충남 청양 칠갑산 밑. 사람들이 물어보면 그다음은 모른다고 해라."

왜 고향을 속여야 하는지 설명해주지 않는 엄마는 툭하면 머리에 흰 수건 쪼가리를 둘러 질끈 동여맨 채 앓아눕고는 했다. 아버지는 왜 집으로 오지 않는지, 삼촌들마저 왜 발길을 딱 끊어버렸는지, 그런 건 엄마에게 절대 물어볼 수가 없었다. 동네에서 아버지 없는 가정이 우리 집뿐만이 아니었으므로 나도 엄마처럼 머리를 싸매고 싶지는 않았다.

강력범죄자라도 숨어든 듯 찜찜하다는 눈치를 주는 노인들 말고는 한동안 동네 사람들은 이모들이 포함된 우리 가족들에게 대체로 호의적이었다. 이모들의 활동무대가 파주(아마 용주골이었겠지)에서 동두천 보산리로 옮겨지기 전까지는 우리들의 일상은 더없이 안온한 날들이었다.

이모들이 한번씩 고랑포를 떠났다가 돌아올 때면 자신들의 예명처럼 이국적인 것들을 잔뜩 싸 들고 왔다. 무슨 주문 구호처럼 '삐빠빠룰라, 삐빠빠룰라'를 읊조리며 그네들이 가지고 온 진기하고 휘황찬란한 장식품과 의상들은 온 동네 여자들을 들뜨게 했다.

어린 계집아이들도 호화스러운 것에 대한 애착은 마찬가지였다. 레이스가 곱슬곱슬하게 달린 원피스 같은 것은 가히 환상적이었다. 언니와 내가 그런 화려한 원피스를 입을 수 있게 해준 이모들을 가졌다는 것은 축복이었다. 고랑포에서 그런 옷차림의 여자애들은 우리밖에 없었다. 내 동생들 말고도 이모들의 자식들까지 돌봐야 하는 고단함으로 마음은 황폐할 지경이었지만 이모들의 외제품 때문에 우리의 행색은 공주마마였다. 그것이 비록 구호물자라는 이름으로 건너온 헌 옷가지였을망정.

이모들이 고랑포에 드나들고, 석 달쯤 후였을까. 써니와 토니라는 또 다른 이모들의 아이들이 늦게 부쳐진 소포처럼 도착했을 때 동네 가운데서 우리 집에만 지진이 난 것 같았다. 아니, 폭격을 맞은 것이다. 우리와는 피부색과 생김새가 분명히 다른 아이들. 폭탄도 그런 폭탄이 없었다.

애리 이모가 죽은 후에 수지 이모는 남은 생을 죄의식에서 벗어나 살아갈 수도 있었을 것이다. 동생의 남편을 가로챈 파렴치한이란 오명을 뒤로 제쳐두고. 수지 이모는 어쩌면 처음부터 그런 것 따위는 개의치 않았는지도 모른다. 잭슨을 따라 한국 땅을 떠날 때 이미 그런 윤리와 도덕 같은 거추장스러운 옷을 벗어던졌는지도 모른다.

"인생은 엔조이야. 엔조이하는 인생이 해피한 거야. 이런 촌구석에서 죽치고 있느니 고깃배 타고 바다에라도 나가지. 일할 때 일하고 쓸 때 써야 살맛이 나는 인생이잖아."

배가 닿을 때마다 왁자지껄한 술청이나 기웃거리는 남자들을 수지 이모는 매우 경멸했다. 그때 고랑포 남자들이 하는 일이란 배를 타고 나가는 일 아니면 포구에 남아서 빈둥거리는 일뿐이었다. 인생을 '엔조이'할 줄 모르는 남자는 남자도 아니라는 것. 고랑포 여자들하고는 생각이 달라도 너무나 많이 달랐던 수지 이모. 고랑포뿐만 아니라 한국의 모든 여자들과는 사고방식이 달랐던 큰이모는 한국을 떠나야만 했다. 여동생의 남자를 업고서라도.

*

　요즘은 자주 꿈을 꾼다. 수지 이모와 연관된 이미지들이 토막토막 잘리기도 하고, 내가 수지 이모가 되어 어디론가 사뭇 달아나는 내용이다. 어지러운 꿈들을 꾸고 난 이른 새벽, 거울에 비친 내 얼굴은 영 몰골스럽다. 작은 크기의 세숫대야만하게 뭉쳐진 밀랍 덩이에 조각칼로 파놓은 듯 심오하게 찍힌 입가의 팔자주름은 특히나 도드라진다. 이건 정말 나를 사랑스럽다고 우기는 데 지독한 방해가 된다.

　하관을 따라 흐르는 와디(wadi)의 골짜기는 남아 있는 삶 자체를 몽땅 비관하게 한다. 고독이나 권태, 침통의 기표가 아닌 중년의 나이테쯤으로 인정해주면 안 될까. 인체의 피부조직이란 원래 중력에 의해서 아래로 처지게 되어 있다지만 똥 싼 바지같이 흉측해진다면 백 살까지 수명이 주어진다 한들 그게 무슨 지복의 삶일까. 거울을 보며 우울해한다면 우울

증의 전조라는데. 육체를 초월한 삶을 살 수 있을 만치 내면이 꽉 찬 도인의 경지에 올라 있거나, 하루 연명에 필요한 기력만 겨우 남은 파삭 늙어빠진 삶이라면 모를까, 중년의 터널은 너무 지루하다.

산간 오지에서 2막의 삶을 시작한 친구는 새로운 세상일까. "한잠 자고 나면 두시쯤이야. 이때가 하늘의 별이 제일 좋아. 주먹만 한 게 머리 위로 곧 흘러내릴 것 같아. 탱탱하게 영글어서 곧 터질 것 같은 거 있지." 그 친구가 들려주는 판타지 같은 별들의 이야기. 신령이라고 했던가, 영성이라고 했던가. 아무튼 새벽 두세시에 일어나 밤하늘의 별을 헤아리며 영감을 얻어서 글을 쓰고, 동트는 아침 녘에 다시 두벌잠에 드는 세월을 살고 있다는 그 친구는 얼마나 다른 삶일까.

"차희야, 있잖아. 우리가 밤하늘의 별을 보고 그리워하거나 환상을 품는 건, 우리가 거기에서 왔기 때문이래. 거기가 세상 사람들 모두의 고향이래."

"야, 언니. 너는 그딴 걸 진짜로 믿는단 말이야? 믿을 게 많아서 참 바쁘겠다."

그때 이모들이 자주 흥얼거렸던 이시스터즈의 노래 「별들에게 물어봐」도 우리를 자극시켰다. 그 경쾌한 멜로디와 가사에는 '반짝반짝 작은 별 아름답게 비치네' 같은 저학년 동요와는 차원이 다른 이야기가 들어 있었다. 이모들이 잘 불렀던 그 노래 한 구절처럼 나는 진짜 그때 마음이 너무 불탔고, 늘 울고 싶었으니까.

아주 오래전 핸섬 보이 오빠가 주었던 『별들의 이야기』. 역시 미군을 통해서 들어온 미제 책이었다. 냄비 받침으로 쓰다가 결국 그런 책이 있었는지조차도 잊었던, 그 꼬부랑글씨의 그림책이 어떤 날 새벽엔 문득 생각나고는 했다.

내게는 도통 머리만 아픈 책이었지만, 아직 중학생도 아닌 언니가 그 책을 이해한다는 것(아마, 이해하는 척했겠지만)이 내겐 더욱 골치 아픈 문제였다. 나보다는 훨씬 똑똑한 언니였지만, 우리 동네 목사님의 아들인 핸섬 보이 오빠와 함께 언니가 밤하늘의 별들과 은하수에 대해서 논한다는 것은 참을 수가 없었다. 그들이 그런 하늘나라 천지사방만큼이나 알쏭알쏭한 사이로 조숙해진다는 것은 내게 무척이나 곤혹스러운 일이었다.

연년생인 언니와 나는 쌍둥이처럼 생김새와 행동거지가 비슷해서 사람들은 우리들을 혼동해서 부르기도 했다. 차순아, 차희야, 하고 동네 사람들이 우리의 이름을 한꺼번에 부를 때면 언니와 나는 동생들을 하나씩 둘러업고 부엌에서, 아랫방에서 동시 출현을 했다. 차수와 차영이 말고도 이모들의 자식인 은주와 경호, 써니와 갓난쟁이 토니. 우리 집은 작은 보육원처럼 언제나 시끌벅적했다.

그러니까 우리 집은 별로 평범한 가정이 되지는 못했다. 그래도 나는 평범한 가정이라고 우기고 싶었다. 그 시절에는 밥을 굶는 집이 허다했으므로 밥을 굶지 않았던 우리 집이야말로 '평범'이라는 추상명사가 풍기는 소탈한 의미에 적합하지 않을까.

어쨌든 우리 집이 평범한 가정이 된 데에는 이모들의 공이 컸다. 당시 우리 동네 여자들은 거의가 공판장 앞에 쪼그리고 앉아서 생선의 배를 따거나 대가리를 쳐내는 일을 했다. 동네 잔치가 있어서 단체로 목간통에 물을 끓여서 목욕을 하고 제 아무리 멋들어지게 빼입어도 고랑포 여자들의 몸에서 완전히 박리되지 않는 비린내. 그것은 어쩌면 고랑포 여자들의 공통된 콤플렉스인지도 몰랐다. 하지만 이모들은 달랐다. 그네들이 무르팍 반쯤에 닿는 치맛자락을 팔랑거리며 지나갈 때면 지분 냄새가 솔솔 풍겨 나왔다. 사향노루의 그것을 차고 다니는 것도 아닌데 사람을 홀리게 만드는 그 무엇이 이모들에게는 확실히 있었나 보다.

"저 똥갈보 같은 년들 좀 봐!" 아무리 똥 같은 욕을 먹거나 말거나, 나는 오히려 고랑포 여자들과는 격이 다른 이모들이 좋았다. 큰이모는 영화배우 문희처럼 도시적이고 지적이었으며 작은이모는 윤정희처럼 깜찍하고 청순했다.

'엔조이'라는 영어를 일찍 습득한 것은 이모들 때문이었지만 '즐긴다'는 것은 밥을 먹는 것만큼이나 일상적인 것이 아니라는 것 역시 이모들을 통해서 배웠다. 즐긴다는 말 자체에 숨겨진 무언가 뒤가 구리고 개운치 못한 것 같은 뉘앙스를 알아차리는 것도 함께.

　'삐빠삐룰라, 삐빠삐룰라'를 외치며 엉덩이를 뒤로 빼고 안짱다리의 각도로 발바닥을 땅바닥에 힘껏 부벼대는 지랄발광 트위스트를 춰봐도, 그런 오락의 뒤끝은 찜찜했다. 등짝에 혹 같은 아이를 하나씩 들쳐 업은 우리들의 어정쩡한 자세, 그건 어디까지나 시건방진 춤일 뿐이었다. 말하자면 삶에 대한 모독.

　이모들도 그토록 좋아했던 이시스터스처럼 차라리, 노래하고 춤추는 가수가 될 것이지. 선자와 선심이니까 '선시스터즈'. 그렇다면 '똥갈보' 같은 더러운 욕은 피할 수 있었을 텐데.

*

　갓 스무 살 너머쯤의 앳된 여자애가 열심히 화장을 하고 있다. 전철 안에서 화장을 해야 할 만큼 경황이 없었던 걸까. 어린아이 손바닥만 한 동그랗고 하얀 손거울을 들고 핸드백 속에서 화장도구를 차례로 하나씩 꺼내어 눈썹과 속눈썹 라인을 꼼꼼히 그린다. 눈두덩과 볼에 색 터치를 하는 손놀림이 어찌나 재바르고 날렵한지 앳된 여자애라고 단정했던 내 안목이 그만 무색해진다. 하기야 요즘은 여고생 때부터 화장을 한다니 스물 이상만 되면 제 얼굴을 꾸미는 화장술에 도통들 하겠지. 저 조그만 손거울로도 거의 가려질 만큼 앙증스러운 저 애의 얼굴이 꽃처럼 막 피어나고 있다. 그대로도 한 송이 꽃 자체인 저 여자애가 왜 저리 공공장소에서 손거울로 얼굴을 가려가며 수상하게 공들여 화장을 할까.

어떤 여자에게도 스무 살은 있었다. 반세기 전의 여자에게나, 아주 멀리 선사시대의 여자에게나. 거리의 여자에게도, 심지어 마귀 할멈에게도 스무 살은 공평하게 주어졌었지. 그 스무 살, 나를 기다려주는 사람에게 다가가는 것은 물길이 물길을 따라 흘러가듯이 전류가 전류를 타고 지나가듯이 천연스럽고 당당한 것. 그러나 그런 찬란함은 생에서 자주 주어지지는 않지.

저 아가씨. 그녀가 사랑에 빠졌다고, 다시 단정해도, 내가 틀린 건 아닐 것이다. 맞은편의 나는 흘깃흘깃, 느린 렌즈 속의 꽃처럼 만개하는 그녀의 얼굴을 청춘이 덜 지나간 사내인 양 훔쳐본다.

휴대용 랜턴과 등산용 선캡, 팔토시, 올드팝송의 시디들까지. 온갖 잡상인들이 한 차례씩 지나가고 나자 '예수천국 불신지옥'의 어깨띠를 두른 열혈 '전도부인'이 나타난다. 아, 아직도 저런! 나는 마치 이십세기로 돌아가는 환승 열차에 타고 있는 것만 같다. 어차피 시간이라는 것도 상대적인 개념의 흐름이라 했던가, 돌아갈 수 있다거나 돌아올 수 있다거나.

무엇을 팔아달라거나 구걸을 하는 것도 아닌 저 초로의 여인은 간절하고 애타게 구원을 외쳐대지만, 인정이 아주 메마르지 않은 사람들조차도 모두 스마트폰에만 코를 박고 있다.

천상의 구원보다는 당장 손바닥 안의 마귀의 쾌락에 빠져 죽을 태세다.

'신'이라는 추상의 극치를 이현령비현령으로 사용해왔던 신에 대한 고전주의적 열정은 곧 끝이 날 것인가. 이십일세기의 과학자들은 지금 우주의 비밀을 풀려고 부단히 열쇠를 돌리고 있다. 캐비닛은 어쨌든 곧 열릴 것이다. '신'이라는 입자와 파동, 그 겹침과 얽힘의 진상이 어느 정도는 객관적으로 증명될 터. 신학과 철학, 과학이 합성된 그 어떤 형태의 이데올로기가 발생된다면, 세상은 좀 달라질까.

고랑포에도 예배당이 있었다. 그때 고랑포 사람들은 십자가가 달린 건물은 무조건 예배당이라고 불렀다. 새로 부임한 목사의 가족들은 도시적이고 귀족적인 사람들이었다. 특히 목사의 아들은 눈에 띄었다.

"뉘 집 아들인가? 저 핸섬 보이, 이 담에 여자들깨나 울리겠는데."

수지 이모의 예상대로 차츰 교회에 나가는 여자애들이 늘어났다. 언니와 나도 이모들이 갖다준 레이스 원피스를 차려입고 화려한 나들이를 하듯이 교회로 갔다. 핸섬 보이, 그 오빠의 어머니는 퍽 상냥하고 아름다웠다.

"천사 아기가 내려오셨나 봐. 토니. 토니야. 하나님이 너를 얼마나 사랑하시는지 아니?"

목사님의 사모님인, 핸섬 보이의 어머니가 애리 이모의 아들인 토니에게 갖는 관심은 대단했다.

'저 애는 튀기야. 쟤네 아버지는 미군, 그러니까 쟤네 엄마가 양색시였다구, 양갈보 말이야.' 토니가 좀 큰아이가 되었을 때 들어야 할 이런 상처의 말들을 누구보다도 걱정한 사람은 교회의 사모님이었는지도 모른다.

"그러니까, 이 아이를 보내자는 말이요? 이 애의 엄마에게서 동의는 얻었소?"

목사님, 핸섬 보이의 아버지가 언니의 등에 업힌 토니를 손가락으로 가리키며 사모님에게 물었다.

처음엔 사색이 되어 펄펄 뛰던 애리 이모도 결국엔 핸섬 보이의 부모들에게 설득당하고 말았다. 토니 앞날의 운명을 거머쥐고 있기라도 한 듯 끈질기게 물고 늘어지는 그들을 막아낼 힘이 우리에게는 없었다. 토니는 결국 제 아빠의 고향으로 돌려보내졌다. 번지수를 잘못 찾은 우편물처럼 우리 곁에 잠시 머물렀다 간 아이. 큰이모가 꿰차고 가버린 토니의 아빠 잭슨은 이미 아메리카합중국 사람. 하느님도 목사님도 지켜주지 못할 바에야, 토니는 한국을 떠나는 게 백번 나았다.

지구상에 잠시 불시착한 리틀 엔젤, 지금은 알아볼 수도 없는 얼굴, 토니야! 네 엉덩이엔 아직도 가시지 않는 우리들 어느 선대의 멍처럼 선명하고 푸른 몽고반점이 찍혀 있지 않았지만, 분명히 네 몸속엔 반쯤의 코리안이 들어 있단다. 핸섬 보이의 가족들과 함께 내 아름다운 시절의 한때를 장식했던 아이, 토니야!

애리 이모가 아주 떠나던 날, 영구차의 꽁무니에 매달려 울면서 몸부림치던 훤칠한 서양 청년의 환영을 본 것도 같았다. 내 작은 가슴에 안겨 옹알거리던 아기 또한 잠시의 환영이었나?

토니가 미국으로 입양된 후, 언니와 나는 교회에 발길을 끊었다. 아무것도, 아무런 존재도 아니었던 오차순과 오차희는 본래의 모습으로 돌아왔다. 다만 핸섬 보이라는 환상의 그림자를 가슴속 깊이 사려 묻은 채 나날이 비천할 뿐이고 비린내만 풍기는 고랑포 여자들 틈바구니에서 우리들 또한 고랑포 여자들이 되기 위하여 조용히 성장해가고 있었다. 세끼 밥을 거르지 않고 꼬박꼬박 찾아 먹음으로써 나날이 팽창되어가는 우리들의 뼈대와 살 속에 고랑포의 풍취를 푹 익혀가고 있었다. 고랑포를 떠났어도 아이들의 양육비만은 어김없이 부쳐오는 이모들 덕분이었다.

*

미군 캠프만이 자리를 지키고 있을 뿐 거기엔 아무것도 없었다. 이미 폐허가 된 동네였다.

이시스터즈의 노래 「워싱턴 광장」을 특히나 좋아했던 수지 이모. 그 경쾌한 리듬에 맞춰 몸을 비비 꼬면서 이모가 금방이라도 튀어나올 것만 같았다.

'원조 턱거리 함바집'이라는 간판마저 없었더라면 피난민이 한 차례 휩쓸고 지나간 것 같은, 육칠십년대 사진전에서나 볼 수 있는 거리 풍경이었다.

수지 이모는 대체 왜 이곳 턱거리를 혼미한 정신 속에서도 떠올려냈을까.

졸지에 캐스팅된 대역의 배우처럼 경직된 써니의 모습은 마치 카뮈의 소설 『이방인』의 주인공인 뫼르소 같았다. 수지 이모 역시 뫼르소의 어머니처럼 자식에게 철저히 타인화된 존재였다. 나는 써니와 동행하면서, 어머니의 장례식이 진행되는 동안 눈물 한 방울 흘리지 않고 담담하게 의례적인 예의나 겨우 갖추었던 뫼르소가 왠지 자꾸 연상되었다.

"이목구비가 반듯한 게 선자를 똑 닮았구나. 네가 찾아온 걸 알면 아마 네 어미가 죽었더라도 벌떡 일어나 달려올 것이다."

풍만한 체구의 중년 여인이 다 된 써니를 먼저 알아본 사람은 내 어머니였다.

초등학교에 들어가기 전까지 써니는 우리 집에서 살았다. 살결이 까무스름한 써니 역시 잘못 배달된 소포처럼 방치되었다가 다시 발신처를 찾아서 돌려보내졌다. 하지만 제대로 번지수를 찾아갔는지는 아무도 알 수가 없었다. 다시 한번 써니의 입양을 주선한 예배당의 목사님과 사모님도, 하느님도 알 수 없는 노릇이었다. 성장 속도가 빨라서 우리 집을 떠날 때 이미 다 큰 처녀애 티가 났던 써니. 한때 동네의 누군가가 써니를 용주골에서 보았다거나, 보산리에서 보았다는, 귀신이 곡할 노릇의 소문이 떠돌았지만, 써니같이 생긴 여자애들이 거기 어디 한둘뿐이겠냐며 내 엄마는 콧방귀도 뀌지 않았다.

미국에 가기만 하면 써니도 곧 불러들일 수 있다는 강한 신념을 가졌던 수지 이모. 잭슨마저 다시 월남전으로 떠나고 없는 미국 땅에서 써니의 진짜 아빠를 찾는다는 건 대한민국의 광화문에서 김 서방을 찾기보다 더 무모하다는 걸 바로 깨달았을 것이다.

「워싱턴 광장(Washington Square)」의 원곡 가사에 나오는 여자처럼 수지 이모도 맨발로 헤매었을까.

In New Orleans, we saw a gal a-walkin' with no shoes
An' from her throat comes a growl, she sure was singin' the blues
뉴올리언스에서 신발도 없이 걷는 여자를 보았지요
그런데 그녀의 목에서 으르렁 소리를 내는 걸로 보아
그녀는 분명히 블루스를 노래하고 있었지요.

한국에 있을 때조차도 자신의 첫딸인 은주의 아빠를 찾지 못한 이모였다. 순수한 한국인의 혈통을 물려받은 은주는 제 엄마가 한국을 떠난 그해 겨울에 푸른 물찌똥을 싸다가 죽었다. 엄마가 미국에 제 아빠를 찾으러 갔다고 믿었던, 아직 다섯 살배기 아기였던 은주. 고랑포의 혹독한 찬바람 앞에서는 삼신할미도 맥을 못 추었다.

미국에서 쫓겨나온 수지 이모를 받아주는 곳은 어디에도 없었다.

갈 데까지 가버려, 더는 오갈 데가 없을 때 겨우 매달렸던 동두천의 턱거리. 병든 수지 이모는 재기를 꿈꾸며, 다시 한 번 '엔조이'의 인생을 바랐을까.

숨이 턱에 닿도록 헉헉거리는 턱거리. 정식 행정명은 경기도 동두천시 광암동. 아직까지 턱거리 안쪽에 남아 있는 미군 캠프. 미군 병사가 호기롭게 '토꼬리!'라고 외쳤을 때 어떤 택시 기사는 혹시 '토끼꼬리'로 알아듣지 않았을까.

정문의 한국인 보초병이 내게 들어올 거냐는 손짓을 했다. 나는 도리질을 하며 기웃거렸지만, 삼엄한 경계 같은 것은 어디에도 없었다.

미군 캠프 진입로에 양옆으로 늘어선 바라크 같은 단층의 건물들. 어쩌면 수지 이모도 저쪽의 어떤 쪽문 앞에 서서 "헤이, 플레이, 플레이! 두유 워나 핫걸?"을 외치며 미군 병사들을 유혹하지 않았을까. 두둑한 생명 수당의 달러를 움켜쥐고 언제 월남전으로 차출되어 갈지 몰라 불안한 분기탱천의 젊은 피를 기어이 터뜨려 짜내야 하는 병사들. 그들이 요구하는 온갖 '서비스'를 다 감내해냈다는 핫걸.

써니가 결국 "마미, 마미"라고 부르짖으며 오열을 터뜨렸다.

기지촌을 벗어나는 방법은 미군을 따라 본국으로 가는 것. 미군의 정식 아내가 되어서 한국을 떠나는 길밖에 없었다. 살림부터 차리고 봐야 했다. 그리고 반드시 미군의 아이를 낳아야만 했다. '좋은 나라'의 아버지라면 제 아이를 버리지 못할 테니까. 그러나 그네들에게 인생 역전 성공의 확률은 사법 고시 패스보다도 더 희박한 하늘의 별 따기.

　보산리와 턱거리 여자들에게 전혀 희망이 없는 것은 아니었다. 턱거리에 공장이 들어서면, 미군 부대가 철수하고 그 자리에 공업단지가 들어선다면, 상전벽해가 따로 없었다.

　"제일 먼저 여러분들을 채용해줄 것입니다. 우리의 국방과 경제를 도와주고 있는 미군을 위해서 열심히 봉사하는 여러분들은 진정한 애국자들입니다. 이곳에 가발공장이나 봉제공장이 들어서면 여러분들의 노후는 확실히 보장이 될 것입니다."

　공무원들의 공언은 바로 하느님의 말씀이었다. 기지촌이 수출산업 공단으로 다시 거듭난다는 예언이 아니었던가. 그렇다, 모든 지구상의 낙원과 유토피아 같은 것들은 늘 인간의 언어 속에서 먼저 구현되지 않았던가.

　'미군기지 잔류 사전협의 약속 무시하는 정부는 각성하라.' '매번 희생만 강요하는 정부, 동두천시민은 피멍든다.' 규탄의 구호만 난무하는 도시에 상전벽해의 가능성은 어디에도 없었다. 강하고 부유한 나라에서 온 형제들이여, 떠날 때를 알고 떠나는 이의 뒷모습은 얼마나 아름다운지?

헬로 기브 미 초꼬레트! 연합군이 던져군 초콜릿과 사탕을 주우려고 흙먼지 속으로 우르르 몰려갔던 독일이나 프랑스의 변방의 아이들. 제2차 세계대전이 종결되기까지 그 아이들도 마찬가지였다지. 경제와 문화의 선진국인 그 나라의 아이들도 한때는 우리들처럼 비루하고 후지고, 외로웠다지. 왜 우리는 이런 적나라한 모습을 외면하려고만 했을까. 교과서는 언제나 공익적이고 제국적인 관계에 대해서만 알려줬고 우리에게 그 걸 믿으라고 강요했던 거야? 나는 배신감마저 들었다.

복합화력발전소의 공사가 한창 진행 중인 왕방산 계곡 진입로에서 주홍색 조끼를 덧입은 인부가 수신호로 공사 차량들의 교통정리를 하고 있었다.

"저기요. 여기 발전소 들어서면 동네가 좀, 발전하게 될까요?"

"에이, 그런 거 없어요. 그냥 버려진 땅에다 짓는 거예요. 다른 덴, 시끄럽다고 공사 못하게 해요."

*

턱거리 언덕을 돌아 나와, 포천으로 이어지는 탑동 계곡 쪽으로 가려던 것을 포기하고 장림계곡으로 차를 몰았다. 드라이브하기엔 그만인 곳이었다. 주말이면 지금쯤 고기 굽는 냄새가 진동하겠지만, 그건 저쪽 어떤 사람들의 세계에서는 바로 환각의 시간이었을 것이다.

작고 아담한 숲의 동네가 홀연 드러났다. 유럽풍의 별장 같은 붉은색 빌라들. 도로변 뜰 앞에 모여 있는 여인들. 섰거나 쪼그리고 앉았거나, 그녀들의 시선은 멀지도 가깝지도 않았다. 표정은 밝지도 어둡지도 않은, 무엇을 바라지도 포기하지도 않은 그저 단순한 얼굴이었다. 동남아 여인들 같기도 했고, 또는 중국이나 한국의 여인들 같은 그녀들은 젊었으나 그리 예쁘지도 않은 동네 아낙들 같았다.

한 여자가 조곤조곤 들려주는 회상의 말투는 묵은 일기장을 읽는 혼잣소리거나 독립영화 속의 무명 배우가 들려주는 내레이션 같았다.

겹겹으로 쌓여 있는 접시 세트와 밥주발들, 국 대접과 화채 그릇들. 대체 왜 이런 것들을 사들였을까요. 아마 언젠가는 그 누군가들과 모여서 음식을 나눠 먹는 꿈을 꾸었던가 봅니다. 지인들을 초대해놓고 부산하게 움직이며 국과 찌개가 식지 않게 시간을 가늠하고 수다스럽게 일상을 얘기하며, 쩝쩝 소리마저 정겨운 식탁 위의 정경들.

혹은 누군가와 다정히 마주 앉아 차를 마시는 그림. 당신은 은주의 아빠인가요? 살아 있는 한 언젠가는 돌아오겠다던 사람. 우리는 서로 공장에서 야근을 마치고 돌아와 피곤한 하루, 그래도 조신하게 마주 앉아서, 더 폭삭 늙어버릴까 차마 맞바라볼 수 없어서, 오늘은 왜 이리 늦었냐고 당신은 딴청을 피우는군요.

예쁜 찻잔이나 티스푼, 케이크 접시들도 꼭 두 개로 된 세트를 사 모으고는 했지요. 달콤한 시간들은 그리 쉽게 주어지지 않아요. 그런 바람을 간직했던 말랑한 시간들도 묵은 달력을 버리듯 이제 버리렵니다.

어떤 여자에게는, 안락한 삶이란 여러 개의 겹친 문으로 통과해오는 손님 같았으니 단정하게 사는 것이야말로 그녀가 찔러버려야 할 표적이었답니다.

한국을 떠날 때 내 배 속에 들었던 잭슨의 씨앗. 그 아이만은 지금 미국 어딘가에서 잘 살고 있으리라는 기대감. 그것이 곧 환상이라 해도.

그리운 이를 만나러 가는 동안 우리는 아마 지구 밖의 시간으로 흘러갔던가요. 약속 장소에 다다를 즈음에 온몸으로 증폭되는 희열의 파닥임, 심장에서 솟구치는 뜨겁게 아린 피의 빠른 맥동. 평생에 걸쳐 서너 번이나 될까 한, 그 집약된 삶의 기쁨의 순간들이 언제였는지 이젠 기억도 흐리지만, 그 느낌만은 간혹 되살아납니다.

수많은 물결들이 흘러와서 나를 부딪고 갔습니다. 때로는 나를 때리는 듯 세고 아프게, 나를 위무하듯 부드럽게 살며시 감기듯. 그런데 나는 그 모두를 떠나보내야만 했지요. 그들은 모두 내게 무늬의 빗금 하나씩을 새겨주고 갔습니다. 나는 그렇게 그들을 맞고 또 보내야 했습니다.

나도 늘 떠나는 삶을 원했지요. 내 본질을 캐내면 그건 아마, 한 자락 바람일 것입니다. 어느 산꼭대기에서 느끼는 풍경에 황홀해지거나, 찬란한 햇살 그 아래에서 미세한 떨림으로 분광하는 나뭇잎들의 차양 밑, 거기서 행복의 극치를 맛볼 수 있다면 나는 틀림없이 바람의 DNA로 이루어진 실체일 것입니다. 이젠 나, 바람처럼 떠돌아도 되겠지요. 내 고향 만경 들판에서 어릴 적 나부끼던 살바람같이 나는 다시, 나는 이제 점점 또 하나의 세계로 접어듭니다.

저 멀리 어린아이를 셋씩이나 안고 업고, 걸리며 휘적휘적 걸어가고 있는 여자.

도로변 뜰 앞에 모여 있던 그 여인들이 일제히 일어나 그 여자를 향해 손가락질한다. 영화의 페이드아웃처럼 점점이 사라지는 여자와 아이들.

엔딩크레딧의 자막처럼 서서히 올라가는 한 글자, 한 글자.

'너는
결코
더러운
년이
아니다!'

열두 살의
『선데이서울』

기억할 것들이 생기지, 열두 살이 되면
열네 살이 되면, 나뭇잎들을 떨어뜨릴 만큼 깔깔깔 웃기도 했지만
　　　　　　　　　　　　—김행숙, 「소녀들, 사춘기 5」에서

　　우리 반에 수연이라는 애가 있었지. 얼굴도 마음도 이름만
큼이나 차분하고 예뻤던 아이. 내가 아파서 학교에 못 가고
있을 때 부반장인 그 애가 몇몇 친구들을 데리고 우리 집에
문병을 왔었어. 나랑은 별로 친하지도 않았던, 귀티가 나는
부잣집 아이인 그 애가 꽃까지 사 들고 돈암동 언덕배기 우리
집엘 올라왔는데 무슨 천사가 나타난 것만 같았지. 아무도 없
이 혼자 남은 텅 빈 오후에 나는 도대체 대접할 게 무엇 하나
없어서, 부끄러워 쩔쩔매는데 수연이 그 애가 먼저 제안을 하
는 거였어. 우리 다 같이 노래 부르자고.

　　자작나무 이파리 자박자박 바람에 편지 쓰고, 반딧불이 반짝

반짝 밤하늘에 춤을 추네

오동나무 이파리는 따복따복 우리 엄마 손, 장독대에 떨어진 봉숭아 꽃잎을 모았다가⋯⋯

풍금을 잘 치는 수연이가 작사 작곡했다는 노래. 작은 우리들이 함께 손뼉 치면서 그 돌림노래를 부르던 그 순간, 그때가 아마 영원으로 흐르던 시간이 아니었을까 싶어. 언제라도 그때 그 순하고 여린 이파리 같은 아이들의 표정과 정겨움이 바로 어제인 듯 되살아나는 걸 보면.

그 후로 수연이네 엄마가 돌아가셨다는 전갈이 와서 수업 중에 울면서 책가방을 싸던 그 애를 지켜보았지.

오동나무 이파리는 따복따복 우리 엄마 손, 외할머니 산소 앞에 떨어진 하얀 손수건을⋯⋯

가방도 제대로 메지 못하고 앞으로 안은 채 울면서 교실 문을 나서던 그 아이를 보면서 나는 우리 집에서 그 애랑 같이 불렀던 「나뭇잎 편지」 노래의 가사를 입속에서 오랫동안 궁굴렸었지.

나는 끝내 그 애한테 고마웠다든가, 슬프지, 미안해, 라는 위로의 말 한마디를 못 해줬네. 갱엿을 문 것도 아닌데, 그 애 앞에서 나는 영 입이 떨어지질 않았어. 그때 다정과 친절을 나누는 아이들의 말이 내겐 왜 그렇게 외국어보다 어려웠을까. 동방예의지국답게 자나 깨나 어른들을 공경하고 인사도 잘해야 한다고 배웠는데, 아이들끼리의 인사법은? 공부를 잘 가르친다고 소문난 우리 반 담임 정상진 선생님도 그런 건 잘 가르쳐주지 않았지, 아마.

　좁은 샛길에서 막 비켜 지나간 노인의 얼굴이 어딘지 낯이 익었어. 그의 뒷모습이 완전히 사라진 후에야 나는 그가 정상진 선생님인 것을 기억해냈지. 아마 등산을 다녀오는 듯했어. 진즉 정년퇴임을 했을 테니 그는 안정된 노후생활을 즐길 만도 하겠지. 유명 메이커의 등산 점퍼와 태가 멋스러운 모자며, 공직의 자리를 잘 지킨 자의 자부심이 배어 나오는, 등줄기가 꼿꼿한 그 자세에서 확신을 했지. 초등학교 5학년 13반 담임이었던 그 정 선생님. 그 천사 같은 아이 수연이를 우리 집에 문병 가라고 보내준 우리 선생님.

　내 성장기의 핵심이라고 할 수 있는 시간들을 한 해 동안이나 함께했으니, 뇌 새김 속에 단층 무늬로 각인된 그를 못 알아볼 리야?

　그는 당시 노총각 선생님이었잖아. 개인적인 외모와 인격, 성향을 떠나서 응당 훌륭하신 선생님인 그는 사춘기를 앞둔 소녀들에게 우상 같은 존재였지.

　집에 와서 혹시나 하고 인터넷 검색을 해보니 정 선생님,

그는 몇 년 전에 이미 초등학교 교장으로 은퇴를 했더군. '1일 1책 읽기 운동'으로 어린이 독서왕이 탄생한 학교였기 때문에 뉴스에도 나왔던 모양이야. 역시 정상진 선생님다웠어.

그와 더불어 내 머릿속 무거운 모직 커튼에 감겨서 울고 있는 아이, 숙이를 끄집어내느라 나는 숨이 가빴네. 혹시나 하고 구글의 검색창에서 '장숙이'를 쳐봤지. 그 많은 숙이들 중에서 그 아이 장숙이를 찾는 게, 마치 내가 무슨 단단한 방화벽을 뚫는 해킹 요원 같기도 했어. 이민이라도 갔을까. 다행인지, 부음란에조차도 그런 이름은 없더군.

그 아이 숙이는 6학년이 되기를 얼마나 기다렸을까. 열두 살, 5학년의 남은 시간들을 얼마나 참아야 했을까.

'인내는 쓰다, 그러나 그 열매는 달다!'

이건 우리 선생님이 제일 좋아하는 말이었잖아. 선생님이 되기까지 수많은 난관을 인내하며 뛰어넘었기에 결국 달콤한 열매를 따 먹을 수 있었으니, 고진감래보다 훨씬 쉬운 그 말에 나도 반해버렸어. 색연필로 나름 꽃과 과일 형상을 장식한 그 글귀를 내 낮은 책상 앞에 붙여놓았지. 그 조악한 캘리그래피가 외삼촌의 눈에 띄었지 뭐야.

"은례야, 너, 이런 말 누가 가르쳐줬지? 루쏘가 한 말인데."

"루쏘요? 아니, 우리 선생님이 가르쳐주셨어요."

"은례야, 이건 장 자크 루쏘, 아니, 루쏘가 아니고 루소라고, 프랑스의 사상가, 철학자가 했던 말이야. 아무튼, 너희 선생님 훌륭하신 분이구나."

네, 우리 선생님은 정말, 그래요. '산똥네' 아이들이라는 말을 함부로 입에 올리지도 않고요, 오빠네 선생님처럼 대놓고 '와이로(촌지)'를 밝히지도 않고요. 재주가 많아서 학교의 환경미화 같은 건 우리 선생님이 도맡아서 하시거든요. 그리고 또, 우리 선생님은 아주 효자예요. 시골에서 혼자 올라와 고학으로 선생님이 되셨대요. 언젠가 한번 우리 선생님의 어머니와 여동생이라는 사람들이 우리 교실로 찾아왔었어요. 청소 당번이었던 저는 그분들을 똑똑히 볼 수가 있었어요. 어머니라는 분은 선생님하고 많이 닮았고, 여동생이라는 아가씨는 서울에서 대학교에 다닌다는데, 선생님하고는 덜 닮았어요. 눈이 동그랗고 큰 게, 아마 돌아가신 자기 아버지를 닮았나 봐요. 아무튼 단란한 가족 같았어요. 아들이 서울에서 선생님이 되었으니 온 가족이 굉장히 기뻤겠죠.

나는 외삼촌에게 두서없이 우리 선생님에 대해서 묘사를 했지. 지루한 서막을 읊은 다음에 본격적인 이야기로 들어가려는 서투른 변사같이. 자, 이제 배에 힘을 꽉 주고 진실만을 말해야지, 했을 때.

"은례 너, 요즘도 선생님께 내 책 갖다드리니?"

아, 진실의 문은 쉽게 열 수가 없나 봐. 외삼촌이 먼저 딴지를 걸었어. 누구 못지않게 효자인 외삼촌이 자기보다 더 효자인 것 같은 타인의 이야기를 듣는다는 건 그리 유쾌하지 않아서였을까. 사실은 내가 학교에서 배우지 못하는 온갖 잡동사니 지식을 쌓을 수 있었던 것도 다 외삼촌 덕분이었지.

우리 집의 손바닥만 한 트랜지스터가 보루꾸(시멘트 벽돌)만큼 큰 반듯한 직사각형의 금성 라디오로 바뀐 것도, 외삼촌이 신제품 유행에 따라 개비하면서 물려줬기 때문이었어. 나는 그 금성 라디오를 끼고 앉아서 고춘자와 장소팔의 만담을 듣고, 연속방송극도 심취해서 들었지. 어린이 방송도 가끔. 전국의 아이들이 보내온 동시 중에서 잘됐다 싶은 것을 뽑아 읽어주는, 내게는 그저 시시한 코너였지만 나보다 상상력이 뛰어난 아이들이 있다는 사실을 확인하는 데는 참고가 될 만은 했지.

내가 정말 즐겼던 프로그램은 '백만 인의 퀴즈'. 나는 거기서 쎅쓰피어(셰익스피어)의 4대 비극이 『오셀로』『리어왕』『햄릿』『맥베스』라는 것도 처음 알게 되었어. 쎅쓰피어? 그런 듣도 보도 못한 작가가 있었다니! 또 그런 것을 척척 잘도 알아맞히는 한국 사람도 있다니.

학급문고를 만든다고 의무적으로 집에서 책을 한 권 이상 가져오라고 했을 때, 나는 얼마나 난감했는지? 교과서 외에는 냄비 받침으로 쓸 만한 책도 없는 우리 집이었잖아. 그렇다고 동네 큰언니 큰오빠들이 돌려보는 『선데이서울』이나 『주간여성』 같은 연예 잡지를 갖다 낼 수도 없고. 하지만 나는 외할머니 집 외삼촌의 방, 거기서 모든 책을 볼 수 있었지. 『사상계』나 『현대문학』 같은 걸 가져가고 싶었어. 산동네지만, 우리 집안의 수준이라는 게 있다는 걸 선생님이 알아줬으면 했었나 봐. 물론 삼촌의 서가에 아동 도서는 전혀 없었지. 고심 끝에 외삼촌의 기다란 책꽂이 한쪽 끝에서 『신동아』와 『창작과비평』을 한 권씩 빼냈어.

외삼촌이 이미 다 보았거나, 보다가 말다가 하는 책들이 수북이 쌓였는데 그런 퇴적층 속에서 지나간 잡지 한두 권쯤 빼내어 우리 학교에 갖다 낸들, 그게 뭐 그리 잘못이겠어? 지식과 정보의 뭉치인 공공재를 널리 퍼뜨려야지. '어리석은 백성들이 쉽게 알고 두루 사용케 함이라.' 세종대왕께서도 이런 공익의 차원에서 훈민정음을 창제하셨는데, 5학년 13반 학급 문고도 그런 측면에서 설치된 게 아니었겠어?

이로써 내가 책 도둑이 되어야만 했던 사연이 밝혀진 셈이야. 양심의 가책이라고는 한 푼어치도 없었던 책 도둑. 외삼촌도 무심했고 관대했었지.

하지만 이건 본론으로 들어가기 전에 변죽을 울리는 서곡에 지나지 않았어. 차라리 이 이야기가 「금도끼 은도끼」, 「여우와 두루미」 같은, 이미 세상에 알려질 대로 알려져 인구에 회자되는 구연동화라면 어떨까. 나는 최대한 발랄하고도 침착한 억양으로 절대 가성을 쓰지 않고, 그러나 표정은 자주 바꿔가며 눈과 입가의 미세한 주름까지 신경을 쓰며 이야기를 들려줄 수도 있었을 텐데 말이야.

그때 내가 아랫배에 힘을 꽉 주고, 외삼촌에게 밝히고자 했던 진실의 말은 아주 오랜 인내의 창고 속에서 묵혀야만 했지. 이스트를 넣은 반죽처럼 쉬이 부풀었다가 누군가의 구미에 맞는 공갈빵으로 바스러지는 건 참을 수 없었지. 부정당한 진실일수록 용서와 함께 실토되어야만 했으니까.

외삼촌이 만일 검사나 판사가 되었더라면 어땠을까. 집안에서 수재라고 인정받던 삼촌이 정말 사법고시 공부를 해서 합격했다면. 아니, 경찰이라도 되었더라면.

레코드판의 마지막에서는 늘 「새마을 노래」 같은 건전가요가 흘러나왔는데, 나는 그쯤에서 판을 뒤집으려다가 전축의 바늘을 부러뜨려서 외삼촌에게 야단맞은 적이 있었어. 엄밀히 말하자면 내가 솔직하지 못해서 혼이 난 거였어. 하지만 그건 외삼촌의 관점에서였던 것. 나는 거짓말 같은 건 하지 않는 아이가 되려고 했어. 거짓말 따위로 세상을 속이는 건 아버지에 대한 모욕이라는 걸 나는 어렴풋이 알고 있었기 때문이지. 누가 가르쳐주지 않아도 그냥 신념이 되는 경우가 있잖아.

그때 나는 아직 턴테이블 전축을 잘 다룰 줄 몰랐기 때문에 바늘이 휘었는지 부러졌는지 잘 파악하지 못했어. 다만 「검은 고양이 네로」를 너무나 듣고 싶은 열망으로 외삼촌의 전축에 손을 대고 말았던 거야. 내가 전축 바늘을 부러뜨려놓고도 시침을 떼고 있었다니, 그건 외삼촌의 일방적인 판단이었어. 사실 오해하기 쉬운 모호한 상황이기도 했지. 나는 억울한 마음이었지만, 그래도 용서를 빌어야 했을까.

누군가 꿇어앉아 싹싹 빌고 있는 슬픈 구도의 그림이 가끔 내 심연의 스크린에 서늘한 잔영으로 맺히고는 했어. 내 고향 상리, 사거리 파출소 앞에서 녹두장군을 닮은 사람이 붉은 장딴지를 꺾어 접고 맨땅에 꿇어앉아 두 손을 비비며 용서를 구하던 그 강렬했던 염원의 순간, 내 어린 숨골을 뚫고 튕겨 나온 날카롭고 엄정한 빛 조각 하나가 멀리 아지랑이 사이로 가뭇하게 사라지는 것을 보았던 것 같아.

점심시간이 될 때까지 교실 뒤편에서 무릎을 꿇고 앉았던 아이. 퉁퉁 부어 짓물러진 눈가와 피가 살짝 배어난 부풀어 터진 입술. '쥐잡기'가 끝난 후의 처참했던 그 몰골.

태순이 너, 기억나니? 아침 자습이 끝나고 갑자기 우리 선생님이 백지 돌리면서 반 아이들 전부에게 그동안 양심의 가책을 느낀 잘못이 있으면 진심으로 반성하는 글을 쓰라고 했잖니. 우리들은 멋도 모르고 골똘하게 머리 굴려가며 글짓기를 했잖니.

"글쎄, 그런 적이 있었니?"

있었어. 그게, 그 정상진 선생님이 숙이를 때려잡으려고 했던 각본이었잖아.

"때려잡자, 공산당도 아니고, 무슨 그런 일이 있었지?"

그래, 공산당들은 자아비판이란 걸 엄청 좋아한다고, 우리 선생님이 그랬었는데. 뉘우칠 줄 모르고 거짓말로 써냈다고 숙이 걔를 개 패듯이 팼잖니. 그때 그 선생님, 지금 생각하면 아주 조폭 같았어.

"아, 맞아. 그때 우리 완전 얼어붙었었잖아. 근데, 걔가 왜, 선생님한테 뭘 잘못했지?"

우리를 선동한 죄지. 선생님이 그때 우리 반에서 잘사는 집 애들한테 과외를 했잖아. 시험문제를 미리 뽑아서 그 애들에게만 미리 제공했잖니. 우리는 시험 보기 전에 교과서에 밑줄 그어가며 외우거나 수련장의 문제를 푸는데, 걔들은 모두 가림판 세워놓고 선생님이 등사판으로 밀어서 복사해준 문제지를 풀고 그랬잖아. 그런 사실을 숙이가 눈치채고 있었던 거야. 아마 삽시간에 전체 반 아이들에게로, 또 다른 반 아이들에게까지 퍼져나갈 텐데. 그러니까 선생님이 사전에 반 아이들 입단속을 시키려고 숙이를 본보기로 초전박살, 뭐 그런 거였지.

"맞아, 정 선생님 그런 식의 사교육 때문에 우리 반 소수 그룹 아이들한테는 제왕이었지. 엄마들한테도 인기 좋았잖아. 담임한테 과외 공부하는 애들 성적이 잘 나오니까 그래, 그랬었지. 그 선생님이 공부를 잘 가르친다고 소문이 났던 것도 다 그 과외 때문이었지, 아마."

매타작이 끝나고 공포와 정적만이 흐르던 교실. 천하의 불한당, 최악질 공산당원 소탕 작전이라도 끝난 것일까. 단체 관람의 그 지독한 연극의 한바탕 악몽에서 막 깨어난 우리들은 얼이 빠져서 아무도 변소에 갈 엄두조차 내지 못하고 고개만 떨구고 있었지. 몇몇 곁눈질하는 아이들의 눈알을 굴리는 소리가 들릴 것만 같은 깊은 침묵, 일치단결된 자책과 회오의 시간. 도대체 무슨 못된 짓을 하고도 숙이는 반성하지 않았던 걸까.

"장숙이, 너!"

험악하고 고조된 선생님의 굵은 하이 톤 목청이 사자후처럼 쩌렁 울리고, 지목당한 숙이가 화들짝 놀라며 자리에서 발딱 일어설 때만 해도 우리는 설마 선생님이 독 안에 든 쥐를 몰아가듯이 그 애를 그렇게 잡도리할 줄은 상상도 못했지. 처음 선생님의 손이 숙이의 뺨을 몇 대 올려붙일 때만 해도 그렇게 가차 없는 폭격으로 이어질 줄은 아무도 몰랐지.

그때 숙이가 좀 더 빨리 용서를 빌었다면 사정은 달라졌을까. 처음부터 납작 엎드렸더라면 말이야. 그래, 신념이고, 나발이고, 차라리 빨리 불어버리고 살아남아서 떵떵거리고 살았던 사람들. 어느 시대나 그런 부류의 변절자들은 있기 마련이라고, 사회 시간에 얼굴이 붉으락푸르락 핏대를 세우면서 공부를 가르쳐준 우리 선생님이었잖아. 그러니까 숙이의 기회는 너무 늦었던 걸까.

"선생님, 잘못했어요. 제발 살려주세요!"

울부짖으며 용서를 빌던 숙이의 낭자한 간청을, 휘청거리면서 간신히 일어나 다시 두 손바닥을 싹싹 비비며 파리목숨을 구걸하던, 그 아이의 헝클어진 뒤통수를 지켜봤던 우리들. 이 무슨 벌칙인가. 단체로 라일락 나무의 이파리를 한 움큼씩 씹은 듯, 그 쓰디쓴 패배의 통각을 어쩌지 못해 절절매는데, 그억그억, 가쁜 숨을 참으며 토해내는 숙이 그 애의 속울음이 교실 바닥 벌어진 나무판자의 틈새로 스며들고 있었네.

빙하의 크레바스처럼, 가난한 아이들의 몽당연필과 옷핀, 실핀 따위를 한번 삼키면 절대 돌려주지 않는 그 마룻바닥의 균열. 무르팍이 닳도록 반질반질 걸레질해놓은 그 마룻바닥 아래는 전설 속의 괴물 반인반수의 말종이 웅크리고 있을 터인데. 방금 전 아수라장의 파괴와 혼돈, 악의 필멸을 똑똑히 목도했던 우리들 또한 차라리 의자 밑 그 깊은 수렁 속으로 끌려 들어갔었더라면.

선생님은 부러진 각목을 수습하여 칠판 앞에 세워놓고 백묵을 들어 '수오지심(羞惡之心)'이라는 글자를 또박또박 목판에 새기듯 정성 들여 쓰고는 비장한 포즈로 설명을 했었네.

자신의 잘못을 부끄러워하고, 다른 사람의 잘못을 미워하라고.

낯익은 글자였지만 그날따라 무슨 천명(天命)의 메시지처럼 우리들 가슴이 울렁거리고 귓불이 홧홧했었지.

우리 반에서 완전 신적인 존재였던 정상진 선생님. 신은 부끄러움을 모른다잖아. 한번 추락하면 신의 자리는 회복할 수 없으니까. 더 이상 물러서면 안 돼! 불사의 결기로 밀어붙일 수밖에. 그때 정 선생님은 필패의 전쟁을 치를 수는 없었으니까.

'바르고 정직하게!' 그런 기본적인 인간의 덕목을 급훈이라는 명목으로 새겨서 태극기 액자와 나란히 걸어놓고, 늘 우리들에게 '수오지심'을 부르짖던 선생님. 김수영 시인처럼 '절망'했을까.

졸렬과 수치가 그들 자신을 반성하지 않는 것처럼…… 절망은 끝까지 그 자신을 반성하지 않는다.*

선생님은 반성하지 않는 아이에게 절망하고, 우리들은 절망하는 선생님에게 절망하고.

어느 날, 수업이 끝난 후 담임은 내게 노태순, 너희 집에 다녀오라고 했었지. 여름방학이 끝나고 2학기 때 전학을 온 너는 결석이 잦은 편이긴 했는데, 내리 사흘이나 무단결석을 하니까 정 선생님도 신경이 쓰이는 모양이었어. 반장도 아닌 내가 지목되었을 때 조금 의아했지만, 나는 너희 집을 안다는 몇몇 아이들과 함께 정릉 안쪽의 언덕바지 동네를 올라갔었지.

우리 동네보다는 덜 가파르고, 더럽지는 않았지만, 도시와는 다른 고색창연한 분위기랄까, 여태도 시골스러운 풍경이 남아 있는 정다운 동네였어. 맑은 물이 찰랑찰랑 흘러가는 개

---

* 김수영의 시 「절망」에서.

울가를 걸어가면서 향수에 젖기도 했지.

내 고향 상리의 우리 집 앞에도 그만한 도랑물이 있어서 아이들과 멱을 감으며 놀았던 기억이 떠올랐어. 오빠의 장질부사(장티푸스)도 그 도랑물이 원인이었거든. 온 동네 사람들의 목간통과 세탁기 역할을 했던 그 냇물에 장티푸스균도 바글바글 공동체의 일원이 되었으니까.

그러고 보니, 노태순 너는 내 고향의 소꿉친구였던 앵순이와 닮은 데가 있었구나. 일곱 살을 못 넘기고 죽은 아이였어. 까무잡잡한 얼굴에 짙은 눈썹, 흰 이빨을 드러내며 활짝 웃는 모습이라든지. 앵순이가 살아서 컸더라면 태순이 너 같은 아이가 되어 있을 거라는 우련한 생각을 했었지.

사흘 동안이나 학교를 안 나왔던 너는 아파 보이지는 않았어. 너희 집, 그때까지 가마솥을 걸어놓고 불을 때는 아궁이가 있다는 게 놀라웠어. 부엌 바닥에 흩어진 볏짚과 마당 한쪽에 자리한 토끼장도 반갑고 신기했지. 하지만 연탄 아궁이와 석유 곤로의 편리함을 누리는 내 엄마와 끼니때마다 불쏘시개로 불을 지피는 수고를 해야 하는 네 엄마를 생각하니 알수 없는 감정이 쪼르륵 가슴에 고랑을 내기도 했지.

내가 태순이 너희 집에 갔다가 다시 학교로 돌아왔을 때, 초가을의 해는 이미 기울어가고 학교 운동장에는 남자아이들 서넛만이 공차기를 하고 있었지. 나는 선생님에게 바로 보고를 해야 할 것 같았어. 태순이 네게 아무 일이 없고 단지 엄마가 조금 편찮으셔서 돌봐드리느라고 학교를 빠질 수밖에 없었다는, 그리고 내일부터 학교에 잘 나오겠다는 네 의지를 전해야 내 임무 수행이 완전히 끝난다는 판단에서였지.

교무실로 먼저 가기 전에 교실부터 들러야 했어. 도시락 가방을 두고 갔었거든. 5학년 13반 교실 문을 드르륵 여는 순간 나는 좀 당황했었지. 한 분단 정도의 아이들이 앉아서 수업을 받고 있었어. 반장을 위시해서 대부분의 임원 아이들이 이미 저녁이 다 된 그때까지 우리 반 담임인 정상진 선생님과 함께 공부를 하고 있었던 거야. 나는 쭈뼛거리며 죄지은 듯 보고를 마치고, 교실 문을 얼른 닫고 뒤돌아 나왔지. 마치 남의 교실을 잘못 찾은 것처럼 미안해하면서 말이야. 그리고 반장도 아니고, 아무런 직책도 없는 내가 너희 집에 갔다 오는 대표로 뽑힌 이유를 비로소 알아차렸지.

아, 맞다. 장래 희망을 선생님이라고 발표했던 내게 "에구, 고생바가지다"라고 유머까지 날렸던 선생님은 5학년인데도 아직 구구단을 다 외우지 못하는 우리 반 아이들 몇몇을 방과 후에 따로 남게 해서, 내게 좀 가르쳐보라고 시켰잖니. 우리 교실이 아닌, 빈 음악실이나 체육실에서 말이야. 선생님이, 나보다 똑똑한 임원 아이들을 놔두고 하필 아무것도 아닌 나를 지목했던 의문도 그때야 풀렸더랬지.

숙이는 이미 알고 있었던 거야. 우리 선생님이 방과 후에 우리 반의 일부 아이들을 모아놓고 과외 공부를 시키고 있었다는 사실을. 학교에 자주 들락거렸던 엄마들의 딸들이었던 그 애들에게 단지 과외수업만을 한 것이 아니라 예상 시험문제를 풀게 했다는 걸 숙이는 어떻게 알아차렸을까. 예민한 숙이의 정보력이 인기 있는 총각 선생님에게 분명 악재가 되었겠지.

우리 선생님에게 직접 과외수업을 받는 아이들은 쉬는 시간이나 점심시간에 가림판을 겹겹이 쳐놓고 시험공부를 했잖아. 교과서만 가지고 달달 외우던 나 같은 아이들과『동아전과』나『표준수련장』을 푸는 아이들에게 가림판은 정작 시험시간에만 달랑 필요한 그야말로 가림 장치였는데. 그 아이들은 앞뒤, 양옆으로 서너 개씩이나 죽의 장막이나 철의 장막처럼 철저히 차단막을 치고 있었지.

그 아이들의 가림판 안에만 있는 특수 기호의 공간, 그리고 가림판 너머 허수의 세계. 하지만 아이들은 '터널링' 하며 두 세계를 얼마든지 넘나들 수도 있었지. 숙이같이 용감한 아이는 언제 어디든지 있기 마련이었으니까.

5학년 13반 교실 뒤쪽에 차려놓은 학급문고에는 연령이 낮은 아이들이나 보는 동화책이 전부였지.『얄개전』같은 명랑소설도 있었지만, '그래서 오래오래 행복하게 살았대요'로 끝나는 그런 시시한 동화책들은 내게 더 이상 읽을 가치가 없었어.

담임에게 과외를 받는 아이와 과외를 받지 않는 아이로 나누어진 교실에서 누구나 다 행복하게 오래오래 살겠다는 꿈을 꾸는 것은 어불성설! 그리고 바로 우리 동네만 해도 불행해서 미치기 일보 직전인 사람들로 넘쳐나는데. 적어도 평지에 사는 싸납쟁이 윤미같이 뿌로까(브로커) 아버지를 둔 아이들이라면 모를까, 무슨 말라비틀어진 행복?

나는 담벼락이나 변소의 낙서라도, 어디든 글자가 있으면 닥치는 대로 읽어댔어. 이로써 나는 책 도둑에서 책 돼지로 변이가 된 셈이지. 나는 배 속보다는 머릿속이 늘 허기가 져서 '글자'라는 먹이를 자꾸 채워주어야만 했어. 구시통의 여물이 맛있든 말든 꾸역꾸역 잘도 먹어치우는 돼지 새끼처럼, 나는 뜻도 모르는 '글'들을 아무리 주워 삼켜도 질리지 않았고 더 게걸스럽게 구미가 당겼지.

신문지에서 읽었던가, **'배부른 돼지보다 배고픈 소크라테스.'** 나는 그야말로 배고픈 책 돼지가 되고 싶었어. 외할머니가 우리 집에 올 때마다 한 뭉치씩 가져다주는, 외삼촌이 보던 시사잡지와 신문지 쪼가리 따위로는 내 왕성한 독서 욕구를 달랠 수가 없었나 봐.

동네 언니와 오빠들의 『선데이서울』이나 『주간여성』 같은 연애 잡지도 어쨌든 맨 꼴찌로 내 손에 넘어오기 마련이었어. 그 속에서 '발가벗고 온 손님'이나 '서울 야화' 같은 야릇하고 찝찝하고 황당한 온갖 에피소드와 나쁜 나라의 절대지존들과 오합지졸들의 추잡하고 찌질한 사연들을 닥치는 대로 읽었지. 세상에나! 순 악질 종자라고 손가락질받는 우리 동네 아저씨 아줌마들은 그들에 비하면 양반 축에 속했던 거야. 하여튼 굴러다니는 잡지 나부랭이를 통해서 나쁜 어른들의 요지경 세상을 속속들이 파악한 나는 '인간은 속물'이라는 말의 뜻도 저절로 깨쳐버렸던 거야. 『선데이서울』이라는 참고서 덕분이었지.

'무심코 던진 돌멩이에 맞은 개구리는 얼마나 억울하겠습니까.'

그때 어떤 인기 여배우에 대한 추문이 온 나라를 발칵 뒤집어놓았잖아. 불륜으로 딸을 낳아서 자기 친정아버지 호적에 올렸다나, 어쨌대나.

『선데이서울』속의 그런 B급 뉴스들은 젊음과 치기가 자기 앞수표처럼 두둑한 언니 오빠들의 허풍에 실려 바이러스처럼 퍼졌지만 정작 우리들의 실생활에 치명적이진 못했지. 내게는 그런 황색 뉴스의 사실 여부보다는 그 여배우가 항변하는 '애꿎은 돌에 맞아 죽을 수도 있는 개구리'가 더 심금을 울렸어. 바로 그거였어, 심금(心琴). 누구나 마음속에 품고 있다는 거문고를 울려야 했어.

아닌 걸 아니라고 강조하는 직접적인 해명보다 훨씬 설득력이 있는 수사(修辭)의 힘. 더는 가타부타가 필요 없는 언어의 도단(道斷). 나도 그런 언어의 기술자가 되고 싶었지. 그래서 나는 그 배우에게 감사하기까지 했어. 아니, 그런 소설 같은 뉴스를 창작해낸 기자들에게.

그때 만일 숙이가 그 어떤 여배우처럼 '억울한 개구리'의 비유법을 알고 있었더라면, 그런 식으로라도 선생님에게 제발 믿어달라고 간청드렸어야 했는데. 그런 심금의 줄을 튕겨서라도, 찍소리 못하고 고개만 숙이고 있던 우리 반 전체 아이들에게, 아니 집으로 돌아가 부모에게 자신의 누명을 벗겨달라고 호소해야 했었는데. 하다못해 『선데이서울』에라도 투고를 했었더라면.

수업이 끝날 때쯤이면 다정하고 상냥하게 딸아이의 이름을 부르며 나타나는 엄마들. 우리 엄마와 비교 자체가 안 되는 옷차림의 그 엄마들. 선생님이 항상 청소 당번 아이들을 세워놓고 유리창이 맑게 닦였는지 손가락으로 문질러가며 세세하게 검사를 하던, 그 유리창에 붙어 서서 자기 아이들의 명민함과 선함을 서로 인정해주며 자신들의 온당한 행복감도 상호교환하는 엄마들. 선생님에게 봉투를 가져왔음을 암시하는 자부심도 감추지는 못했을 그 엄마들.

다음 날이면 그런 엄마들의 아이들이 기가 훨씬 살아서 수업 분위기를 주도하고, 선생님도 훨씬 인자해져서 교실의 공기가 더없이 명랑해졌잖니. 소위 치맛바람의 위력, 그게 공정한 교육에서 소외된 아이들에게는 얼마나 민감한지를, 자기 자식이 아닌 이상 알 필요는 없었겠지만. 아무튼 그 엄마들은 선택된 삶의 후의를 믿었을 게 분명했지.

나는 내 엄마도 그렇게 뽀얀 분칠을 하고 학교에 나타나기를 바랐던가. 하지만 콩나물값을 아껴서 겨우 빈손이나 면하자고, 선생님에게 그런 봉투를 내민다 한들, 내게는 그다지 유익할 것 같지도 않았어. 차라리 그 봉투에 들어갈 쥐꼬리의 돈으로 백설공주 왕관 무늬가 새겨진 운동화라도 사주는 게 내겐 훨씬 실질적이고 기뻤을 테니까.

방과 후에 교실에 남아서 선생님과 친교를 맺은 아이들. 그런 아이들은 아마 성인이 되어서도 그런 친분의 인간학을 잘 실천하고 있겠지. 관계 맺기의 중요성을 이미 터득한 그 아이들, 두터운 교분으로 얻을 수 있는 이익을 일찌감치 너무도 확실히 배웠으니까.

그런데 사실 말이지, 그런 건 육칠십 명씩 우글거리는 콩나물시루 교실에서는 도저히 모두가 골고루 평등하게 배울 수 있는 건 아니었잖아.

나는 숙이의 사건이 있은 뒤로 얼른 겨울방학이 오기만을 기다렸어. 분명히 나도 선생님의 과외 사실을 목격한 아이였으니까. 어쩌면 또 한 번의 불똥이 내게도 튈 수 있다는 공포심이 나를 다소곳하고 얌전한 아이로 짓눌렀지. 어서 6학년이 되어 정상진 선생님의 반에서 벗어나고 싶었어.

아, 그 아이. 숙이는 6학년 때 다른 학교로 전학을 갔잖아. 정상진 선생님이 다른 학교로 전근을 가지 않는 한, 6학년이 돼봤자 나쁜 아이로 낙인이 찍힌 숙이의 불명예가 회복되기는 어려웠겠지.

'매 앞에 장사 없다'는 속담은 '돈 앞에 장사 없다'로 바꾸어야 한다고 일기장에 꾹꾹 눌러쓰면서 나는 미리부터 스스로 절망의 점괘에다 쌀알을 던져버렸어. 이다음에 나는 돈을 벌지는 못하겠구나, 하는 열패감.

"서은례 너, 이담에 선생님이 된다고 했지, 고생바가지겠구나."

정 선생님이 그때 내게 했던 말의 의미심장함. 어린 학생들 앞에서 몽둥이를 휘두르며 완력을 행사하고, 입단속을 시켜야만 하는 선생님.

아, 다 미신일 거야, 점쟁이가 알긴, 뭘 알아? 그러니까 다 미신이라고!

'장래 희망란'에 '선생님'이라고 썼던 건 사실 내 의지보다는 모랭이 당골네의 신탁이었던 거야. 내 고향 상리에서 엄마는 식구들이 아프거나, 되는 일이 없어서 실망스러울 때마다 쌀알을 던지며 주문을 외우는 모랭이 당골네로 갔었지.

"이 아이는 머리가, 누구보다 영리하게 태어났으니 공부를 시키소. 교육자나 학자를 시키소. 그리하면 집안에 덕을 좀 볼 것이오."

볼부시(볼거리)로 볼이 통통 부은 나를 데리고 갔던 날, 기분 좋은 점괘를 받아 쥔 엄마는 머리를 조아리며 뒷걸음으로 그 점집의 토방을 내려왔겠지만, 아이고! 나는 한숨이 절로 나오지 않았던가. 내가 그럼, 머리 터지게 공부를 해야 한다고?

오목이 언니네 삼촌이 도시에 나가 공부를 너무 하다가 미쳐서 반거충이가 됐다는데, 그런 낭설을 의심하는 상리 사람은 아무도 없었지. "머리가 너무 좋아도 저 꼴 난다니까." 명석한 사람의 낙오가 우둔한 삶의 위안이 되기도 했으니까. 당금애기 삼신할미가 내게 다시 기회를 준다면 나는 차라리 머리 나쁜 쪽을 택하는 게 낫지 않았을까.

태순아, 너는 수연이라는 애를 한 번도 못 봤지. 여름방학이 끝났고 2학기가 되자 그 애는 보이지 않았으니까. 걔네 외삼촌 동네인 화곡동으로 이사를 갔다고 했어. 물론 학교도 전학을 갔고.

수연이 그 애랑 반 아이들이 우리 집에 왔을 때, 대접할 것이 없어서 내가 쩔쩔맬 때 그「나뭇잎 편지」노래를 부르면서 수건돌리기 놀이를 하자고 제안했던 그 애가 나는 얼마나 고마웠는지 몰라. 사실 그 노래는 열두 살 아이들이 부르기에는 좀 슬픈 노래였지 싶어. "오동나무 이파리는 따복따복 우리 엄마 손, 외할머니 산소 앞에 떨어진 하얀 손수건을……" 그 2절의 가사가 말이야.

그래도 우리는 손뼉을 치면서 즐겁게 불렀어. 손수건이 자기 뒤에 떨어진 줄도 모르고 있다가 걸리면, 일어서서 춤춰야 하는 벌칙을 받으면서도 우리는 까르륵 박장대소하며 신이 났지. 한 살 더 먹어 6학년이 되니까, 그런 노래보다는 어른들의 유행가를 따라 부르는 게 더 좋아지지 않았니. 6학년 오락 시간에 동요를 부르는 아이는 아무도 없었지, 아마.

6학년이 되니까 벌써 처녀티가 나는 몇몇 아이들이 자기네 선생님이 결혼한다고, 몹시 섭섭해한다는 소문이 나돌기도 했어. 정상진 선생님도 6학년을 맡았잖아. .

그런데 태순이 너는 그때 왜, 학교를 관뒀다고 소문이 났었니? 우리가 6학년 때도 같은 반이 되었더라면, 내가 한번쯤 너희 집엘 가볼 수도 있었을 텐데, 반이 갈렸지. 5학년 때 너희 집을 안내했던 아이가 그러더구나. 너희 집에서 기르던 토끼 세 마리 중 한 마리가 불에 타 죽었다고. 그 불을 태순이 네가 낸 것 같다고. 그래서 네가 집을 나간 것 같다고.

잡풀과 지푸라기로 아궁이 불을 사르는, 나뭇가지를 태워서 밥을 해 먹는 집이 싫어서 그랬을까, 나는 짐작만 했었지. 나는 사실 네 엄마가 너를 학교에 잘 보내지 않는다는 걸 알고 있었어. 내가 5학년 그때, 너희 집에 갔을 때 봤던 네 엄마랑 네가 너무 닮지 않았던 것도.

"토끼가 방고래를 타고 들어간 거야. 나는 정말 몰랐어. 아마, 저녁밥 지을 때 불쏘시개를 하려고 미리 밀어 넣어두었던 잡풀 더미 속에 토끼가 들어가 있었나 봐. 글쎄, 새카맣게 탄 숯덩이가 되어서, 아버지가 연탄 아궁이로 바꾸려고 방구들을 뜯는 중에 발견됐다고 했어."

어머, 토끼 한 마리 없어진 게, 다 너 때문이라고? 너는 얼마나 기가 막혔을까.

아, 바람이 스치기만 해도 까르르 웃기도 잘했던, 나뭇잎
같았던 우리가 '돌멩이에 맞은 개구리'의 은유를 학교에서 더
빨리 배웠더라면.

공부 잘 가르치기로 소문 난 우리 정 선생님은 왜, 그런 건
학습시키지 않았는지. 아무리 억울해도 해명할 수 없는 명백
한 사실 앞에서 우리는 그저 바람에 뺨 맞은 얼얼한 나뭇잎이
될 수밖에 없었지.

"너, 반장 엄마가 나한테 운동화 선물해준 거 아니?"

아, 맞아. 체육 시간에 달리기할 때, 태순이 네가 운동화 뒤
꿈치를 꺾어 신은 걸 보고 선생님이 똑바로 신으라고 지적을
했었지. 그런데 네가 치수가 너무 작아서 꽉 끼는 그 운동화
때문에 넘어졌잖아. 그때 너, 운동장 모랫바닥에 얼굴이 많이
까여서 울었지. 며칠 후에 반장 엄마가 네 운동화를 사 들고
학교에 왔었지.

"그래, 선생님이 반장 희정이를 일으켜 세우고, 우리 모두
에게 박수를 쳐주라고 했었지."

그러고는, 꼭 끼는 신발은 신는 게 아니라고 하면서, 정 선
생님이 들려줬던 옛날 중국 여자들의 작은 발 이야기. 평생토
록 발에 전족을 하고 살았다는. 발이 자라지 못하도록 어렸을
때부터 천으로 꽁꽁 묶어야만 했는데, 그게 무슨 미인이냐고
흥분하면서.

헛발

날카로운 햇볕이 눈을 찌를 것만 같은 남향의 베란다에 앉아서 책장을 넘기는 여자. 처음 나는 그 여자가 독서에 열중하고 있는 줄 알았다. 그러나 그 여자의 두툼한 손목이 부지런히 움직이고 있다는 걸 바로 감지해냈다.

나는 산악인들이 사용하는 로프의 외줄에 매달려 오층짜리 아파트 외벽에 도색 작업을 하는 중이었다. 가운데쯤이니까 아마 그 여자의 집은 306호, 아니면 305호쯤일 것이다. 사실 초고층의 빌딩보다는, 줄을 걸어 맬 수 있는 시설이 전혀 없는 이런 저층의 건물이 더 위험했다. 거의 삼십여 년이 다 되어가는 주공아파트라는 게 워낙 경직되고도 위태로워 보이는 건축 양식이긴 하지만, 그런 낡은 게슈타포 감옥 같은 건물에 안전장치도 없이 매달려 페인트칠을 하는 나도 아슬아슬하기는 마찬가지라고 침을 뱉으려는 순간 그 여자가 내 시야에 들어왔었다.

바깥 유리 벽이 아닌 실내의 벽 쪽을 향해 고개를 수그리고 앉아 있는 여자의 둔중한 뒷모습이 어딘지 의뭉하고 무력해 보이기도 했다. 그 여자가 책장을 넘기면서 무엇인가 털어내고 있다는 것을 알아차리기까지 서너 평쯤의 외벽에는 촌스러운 코발트색이 물들어가고 있었으니 대략 삼사 분 정도가 소요됐을 것이다. 그러니까 그 여자는 책장의 갈피에서 무언가를 지워내는 작업을 그토록 진중히 하고 있었던 것이다. 아무튼 어렴풋한 상황이 파악됐을 때 나는 비현실적인 느낌이었다.

걸상, 그건 아무래도 연극 무대용 소품이었다. 그 여자의 둥실한 엉덩이가 반나마 걸터앉은 그것은 내가 초등학교 때 앉았던 나무 걸상이었다. 장식용도 못 되는 그것이 일상에서 태연자약하게 사용되고 있다는 사실. 그리고 매끈하게 니스칠이 된 것도 아니고, 거칠고 투박한 나뭇결이 드러나는 초등학생용 걸상을 깔고 앉아 있는 여자라니.

"뭐, 뭐예요?"라는 물음을 삼키며 놀라 벌어지는 여자의 입이 검은 동굴처럼 확대되었다. 나는 아찔하며 죽음을 직감했다. 저 시커먼 굴속으로, 나는 곧 빨려 들어갈 것이라고 체념해버렸다.

여전히 밧줄에 매달린 내가 가까스로 몸과 마음을 수습했을 때 그 여자도 반쯤은 넋이 나간 모양으로 무망중의 정황을 이해하지 못한 듯했다. 그 여자의 정수리에 내리박히는 초여름 오후의 햇볕이 너무 뜨거워, 그 여자가 한쪽 손을 들어 쏟아진 머리카락들을 쓸어 올리며 무심코 바깥 창 쪽을 뒤돌아보는 바람에 나와 눈이 마주친 것이다.

"광수, 맞지? 광숙이 동생, 그치?"

여자가 먼저 나를 알아보았다. 아, 광숙이, 광숙이 누나를 기억하는 사람이 있다니. '광숙이'라는 발음이 기이한 울림으로 내 뒷머리를 후려쳤다.

"왜 귀신 만난 얼굴이야?"

허공에서 곤두박질치려는 찰나에 어딘지 익숙한 얼굴과 마주치고 있다면 이미 내가 딴 세상으로 접어들었다는 거겠지. 그래, 정이 누나구나. 광숙이 누나의 얼굴도 언뜻 스쳤다. 지상에서 다시는 만날 수 없는 사람들과 만나게 되는 곳, 그렇다면 나는 제대로 안착한 거구나.

낯선 도시에 가면 늘 가늠해본다. 도대체 이 지역 사람들의 주된 수입원은 무엇인가. 무슨 일에 자신의 하루 시간을 다 쏟아내고 대가를 지불받는가. 공업단지나 포구의 어촌이 아닌 다음에야 직접 농사를 지어서 얻은 소출과 짬짬이 노동력을 품팔이해서 생기는 가용 돈이 전부일 것 같은 산간 벽촌은 그렇다손 치고, 내륙의 어중간한 시읍면이라면 신체와 정신의 억압을 기본으로 하는 온갖 서비스직들과, 노점과 좌판의 위태한 생계 수단을 염려해본다. 우주여행의 시대라 해도 결국 먹고사는 것의 초미의 문제에서 벗어나지 못하는 게 인간의 한계 아닌가.

"여기, 시댁에서 받은 땅이 조금 있어."

하지만, 정이 누나는 딱히 농사를 짓는 것 같지는 않았다. 나 역시 이런 곳까지 들어와 줄을 타며 살아가게 된 경위를 털어놓자면 피차일반이라 우리는 그때 그저 노릇하게 구워진 장어 토막이나 부지런히 집어 먹었다.

"장어구이 집들이 많은 건 여기가 강가에 가까운 동네라 그런가요? 전국적으로 바다와 강이 만나는 곳에는 원래 장어가 유명하기는 하잖아요."

"자연산이 어딨어? 다 양식이야."

정이 누나와의 그간 사십여 년 만의 오랜 공백이 마주 앉아 밥을 먹음으로써 메워지는 건 그 옛날 광숙이 누나 대신 밥을 챙겨주던 기억 때문인가. 그동안의 이력들은 거두절미하고 현재 시태의 대화만이 오고 갔다.

정이 누나는 퇴직 후에 한동안 함께 여행 다니는 팀이 있어서 좋다고 했다. 네다섯 명이 승용차 한 대로 훌쩍 이박삼일이나 삼박사일쯤 동해안이나 서해안 또는 내륙을 가로질러 남해로 내달린다고 했다.

"작년 오월 중순경에 진도 쪽으로 가던 중이었어. 보성쯤이었지 아마. 해 질 녘에 양파밭에서 혼자 쭈그리고 앉아 있는 초로의 여자가 보였어. 우리 일행 중에 홍이 군이 차를 세우라는 거야. 그냥 양파밭 풍경을 찍으려고 그러는 줄 알았지. 그런데 홍 그이가 양파밭에서 고개를 수그리고 앉아 일에 열중인 그 여자를 아줌마! 하고 부르더라고. 건너편 도로의 자동차 안에서 갑자기 자기를 부르니까 그 여자가 화들짝 놀라서 우리 쪽을 쳐다볼 수밖에. 그 순간, 홍이 카메라를 들이대고 그 여자를 찰칵 찍어버리는 거야. 그리고는 창문을 닫으면서 출발! 하는 거 있지."

그러니까 정이 누나는 함께했던 여행팀의 홍이라는 사람에게서 그 순간 환멸을 느꼈던 것이다. 양파밭에서 일하는 여인을 급습하듯이 들이대어 찍고는 대단한 작품이라도 건진 듯 의기양양했던 그 사람에게서 지독한 혐오를 보았을 것이다.

정이 누나가 K 선생과 절연한 것도 다 그 환멸 때문이었다.

"무슨 인연인지, 내가 세번째 발령을 받은 중학교의 교장과 그 K 선생이 대학 동문이었어."

정이 누나는 K 선생과 다시 만난 걸 엮였다고 표현했다. 우리랑 학교 앞 분식집에서 떡볶이와 튀김을 맛나게 먹었던 K 선생은 그런 것은 입에 댄 적도 없었다는 듯 천민의 음식으로 취급하더라고, 정이 누나는 고개를 절레절레 흔들었다. 그런 격의 없는 식료들이 어떻게 사람이 먹을 수 있는 식품이냐는 듯 인상을 찌푸리는 K 선생에게서 정이 누나는 느끼한 혐오를 목격했을 것이다.

장식용도 못 되는, 초등학생용의 오래된 걸상을 가져다가 베란다에 놓고 앉아 있는 것도 정이 누나다웠다.

"그런 골동품을 어디서 구했어요?"

"야, 우리 팔뚝 힘센 거, 다 그것 덕분이야. 우리 그거 들고 복도에 서서 엄청 벌 받았잖아. 툭하면 책상 위에 올라가 꿇어앉고. 아, 왜 그런 거지 같은 기억들만 잔뜩 남았지."

"근데, 뭘 그렇게 열심히 지우고 계셨수?"

"할 일이 없으니 내가 요즘 별 짓거리를 다 해."

말씨가 좀 거칠어진 건 아무래도 정이 누나답지 않았다. 우리 동네에서 사범대에 간 사람은 정이 누나가 처음이었다. 선하고 예쁜 선생님이 되리라는 건 확실했었다.

*

화분들이 놓인 창턱 아래로 한여름의 열기보다 더 숨이 막히는 뜨거운 바람이 쉴 새 없이 뿜어져 나오는 라디에이터가 놓여 있었다. '옥화'라는 이름의 난초와 행운목, 자잘한 덩굴 식물의 잎사귀들도 누렇고 까칠하게 말라서 건조한 하루하루를 시름시름 야위어가고 있었다.

퇴근할 때쯤 세면대의 개폐기 꼭지를 먼저 꾹 눌러 물구멍을 막은 다음 수도꼭지를 틀어 한 바가지 정도의 물을 받아놓고, 또 한 바가지 정도의 물을 받아 바닥에 흩뿌린 후에 또 한 컵 정도의 물을 분무기로 뿜어 물안개의 연막을 펴고는 했다.

졸업식을 앞두고 마지막 늦추위가 심술을 부리던 날, 그 아이가 울면서 교무실로 뛰어 들어왔을 때도 물안개같이 실체도 없는 짜증이 밀려왔다. 나는 남자 수학 선생에게, 쟤 좀 빨리 내보내라는 눈빛을 쏘며 턱짓을 했다. 새 학기를 준비하고 있는 마당에 자칫 성가신 시비에 휘말리는 일은 피하고 싶었다.

교무실 밖에는 해결사로 보이는 건장한 어깨의 남자 두 명이 서 있었다. 그들은 예의 바른 태도로 머리를 조아렸다.

"저 학생의 아버지가 사업상 돈을 빌려 갔는데 아직 갚지 않고 있습니다."

"여긴 학교잖아요."

나는 바들바들 떨고 있는 그 아이를 보호해주어야만 했다.

"쟤하고 잠깐 얘기만 하면 된다니까요."

조금 더 나이 들어 보이는 남자가 목소리를 깔았다.

"그런 비즈니스는 저 아이의 아버지께 가보셔야지요."

신입 남자 선생이 그 남자의 앞을 가로막고 나섰다.

시끄러워질 게 뻔했다. 나는 다시 체육 선생에게 바짝 붙어서며 저 아이를 빨리 돌려보내야 한다고, 강력하고 나직하게 속삭였다.

혹시 저 아이도 교실 창문에서 뛰어내리지 않을까.

광숙이 아버지의 친구라는 남자들이 찾아와서 광숙이를 끌고 가던 날, 담임선생 K는 소 닭 보듯 했다.

교실 문이 드르륵 열리며, 무조건 도둑 아니면 사기꾼 같은 인상의 남자 두 명이 성큼 들어섰다. 우리는 영화에서 봤던 것처럼, 곧바로 "손 들엇! 움직이면 쏜다" 할 것이라 직감하고 재빨리 책상 밑으로 숨어 들어갈 태세를 취했다. 그러나 그런 초긴박 장면은 연출되지 않았다. 단지 광숙이 앞으로 키가 좀 더 큰 남자가 다가왔다. 능글맞은 웃음을 만면에 띤 그는 다정한 삼촌같이 광숙이에게 손을 내밀었다. 아이들은 어이없는 안도감에 "어우, 우" 하며 낮은 비명을 내질렀다.

그때 광숙이만 비켜나주면 운철이가 학교를 대표해서 백일장에 나갈 수가 있었다. 운철이 아버지는 군청의 무슨 국장이라고 했다. 국장 아들이면 꼭 백일장에 나가야 하는가? 운철이를 학교 대표로 만들지 못한 K 선생은 교장실에 불려갔다 온 후로 기어이 광숙이의 기를 꺾어놓고자 했는데, 저절로 운때가 맞아떨어진 셈이었다.

"내 동생 광수한테 절대로 말하면 안 돼!"

광숙이는 내게 신신당부했다. 덩치가 자기보다 훨씬 큰 남동생을 늘 옆에 끼고 다니며 어린 엄마 노릇을 했던 광숙이. 그 애가 그토록 지켜주고 싶었던 그 아이 광수가 하마터면 내 아파트의 베란다에서 추락사할 뻔했잖은가.

나는 그 베란다의 그 걸상에 앉아서, 도서관에서 빌려 온

책에다 죽죽 그어놓은 밑줄을 지우고 있던 참이었다. 맘에 드는 문장에다 연필로 줄을 치는 오랜 습관이 남의 책이라고 조심하지는 않았다. 가려운 걸 긁어주는 문장들이나, 맞장구쳐서 간직하고 싶은 문장들 옆에다가는 나 자신의 감상이나 생각을 메모로 달아놓고는 했다. 기껏 써먹어봐야 수업 시간에 어린 학생들 앞에서였지만, 만약에 그런 혼합된 문장들로 짜 맞춘 글들을 아무런 거리낌도 없이 어디에 기고라도 했다면, 그건 틀림없는 표절이었다. 하지만 뭐, 무명한 중학교 국어 선생한테 외부의 원고 청탁 같은 건 없었으니까.

'나쁜 기억들이 나쁜 선생을 만들고는 했다. 그해 졸업식에 그 아이는 나타나지 않았다.' '보풀이 잡풀처럼 무성한 그 애의 오버코트 소매 끝을 끌며 나는 그날 어디로 갔던가.' 그런 느닷없는 메모도 어느 낱장 밑에 끄적여서 접어놨을 것이다.

꼼꼼히 책장을 넘기며 검사를 하는 도서관 사서도 있었다. 책장의 여백마다 토해놓는 감정의 문장들을 들키는 건 아무래도 상관없었다. 인터넷 기사에 달리는 익명의 댓글만큼이나 요령부득하고 진부하기는 마찬가지. 자신조차도 못 알아보는 낙서의 문장들을 지우개로 박박 문질러 훨훨 털어내는 건 다른 독자에 대한 예의이기 전에, 남기고 싶지 않은 것들에 대한 철저한 혐오. 무슨 원죄 의식처럼 헤어 나오지 못하는 환멸들을 제 손으로 차분하게 거둬들이고 싶었다.

"황희는 구십 세까지 살았으므로 평균 수명이 지금보다 훨씬 짧았던 그 당시로 보자면 매우 드물게 장수한 축에 듭니다. 공직자로서의 수명도 최고일 것입니다. 기록상으로 오십육 년 동안이나 관직에 있었거든요. 그중 이십사 년간이나 재상직을 맡으면서, 그중에 또 십구 년 동안이나 영의정 자리에 있었거든요. 우리가 왜 이분을 명재상이라고 일컫는가 하면요, 바로 그런 점 때문이지요."

갈매기를 벗 삼아 노닌다는 뜻이 담긴 반구정(伴鷗亭). 황희 정승은 관직에서 물러난 후 이곳 임진강 기슭에 정자를 짓고 여생을 보냈다고 했다. '황희 선생 유적지' 리플릿 안내서에 따르면 원래 낙하진(洛河津)에 인접해 있어서 낙하정이라 했다는데, 아마 당시에는 훨씬 소박한 건축물이었겠지. 지금처럼 제법 날렵한 모양새를 갖춘 문화재급 형태는 아니었을 것이다. 적어도 청백리의 얼이 깃든 곳이라면 말이다.

"와우, 대단하네요. 그러나 한편 오십육 년, 반세기 동안이나 관직에 있었다는 것은 무엇을 의미할까요? 소위 밥그릇을 잘 지킨다는 것, 뭐, 요즘 세상의 잣대로 본다면, 그건 보신의 달인이라고 할 만한 건가요?"

"아, 우리 할아버지도 아흔 살까지 사셨는데, 야, 그럼 우리 할아버지랑 황희 정승이랑 똑같네."

내가 엇박자로 나가자, 아까 입구에서 만났던 꼬마 녀석은 난센스의 장단을 맞추었다. "우리도 장수 황 씨예요"라며 쑥스러운 자랑을 숨기지 않던 아이였다.

나는 문화해설사라는 긴 줄의 명찰을 목에 건 그이의 열정을 꺾고 싶지는 않았지만, 굳이 그의 역사관이나 세계관에 장단을 맞춰주고 싶지도 않았다.

"기록에 보면, 세종대왕께서는 황희 정승이 말한 대로 하라는 어명을 수도 없이 내리고 있습니다. 물론 황희 정승도 완벽한 건 아니었습니다. 부정에 연루되기도 했지요. 하지만 임금들께서 황희 편을 들어 무마시켜주었다는 기록도 버젓이 나와 있어요. 그게 언제냐면요."

그는 자꾸만 '기록에 보면'이라는 관용구를 갖다 붙이는데, 습관인 것 같았다.

이쯤이면 아, 됐네요. 댁의 말대로 기록에 나와 있다는데 뭘 더 듣고 자시고 한단 말인가요. 나는 갈매기나 보러 왔거든요. 부산 갈매기는 너무 머니까요. 그런데 그 높은 양반님들께서는 말년에 왜 그토록 갈매기와 친했을까요. 조선 최고의 술사요, 책사라는 한명회도 압구정(狎鷗亭)을 남기지 않았던가요?

기억도 흐릿한 어린 날, 아버지가 나와 광숙이 누나를 데리고 부산의 태종대인지, 해운대인지 앞바다에 간 적이 있었다. 내가 건빵 봉지를 흔들며 멀리 갈매기들에게 손짓을 할 때, 아버지는 조용히 휘파람을 불었다. 어린 내가 알 수 없는 노래, 어딘지 음울하고 허허로운 곡조였다. 그때 아버지는 말수가 확 줄었고, 술도 잘 마시지 않는다는 게 어린 내 눈에도 표가 났다. "높이 나는 갈매기가 멀리 본단다." 리처드 바크의 『갈매기의 꿈』에 나오는 조나단 갈매기 얘기를 들려주던 아버지. 마지막 모습이었다.

내가 다음번에 반구정을 찾아갔을 때 문화해설사라는 그 중년의 남자는 보이지 않았다. 비번이거나, 관뒀거나? 그러나 나는 자꾸 '짤렸거나'에 의표를 두었다. 문화해설사라는 봉사직도 경쟁이 심하다 하지 않던가.

"지가 무슨 황희 정승이야? 지 아들까지 벼슬을 시켜주게."

"뭔 소리야? 황희 정승까진 알겠는데, 아들 벼슬은 또 뭐야?"

박 과장의 뜬금없는 비유법은 썰렁한 개그 수준이었다.

"뭐긴 뭐야? 세습, 대를 이어 해 먹겠다 이거지. 지들이 무슨 세습 무당이냐구?"

박 과장은 김 이사의 아들이 낙하산을 타고 자신의 부서로 내려오자 밸이 꼴려서 못 견뎠다.

"아, 그런 거 어제오늘 얘기도 아니잖아. 공기업에서도 비일비잰데 사기업에서야 다반사지 뭐."

나는 그 낙하산의 여파가 바로 나까지 덮치리라고는 예상하지 못했다. 허를 찔린다는 게 결국 정보에 둔감하고, 저 혼자 초연한 미생(未生)들에게나 닥치는 부조리의 반전이 아닌가.

"그런데 참, 황희 정승은 뭔 얘기지? 둘도 없는 명재상에다 청백리로 추앙받는 양반인데."

"아, 자식이란 게 뭔지? 그 양반도 말년엔 아들자식 때문에 스타일 다 구겼다네."

파직된 아들의 관직을 돌려달라고, 이제 막 즉위한 새파랗게 젊은 왕에게 상소문을 올려야 했던 늙은 아버지. 그는 이미 재상도 정승도 아니었고, 다만 아들의 안위를 구걸하는 한낱 세속의 아비일 뿐이었다.

황희는 말년에 작은아들의 문제로 임금께 간청을 올립니다. 기록에 보면 다음과 같습니다.

"신의 나이가 지금 팔십구 세이니, 죽음이 조석에 있습니다. 이에 늙은 소가 새끼를 핥아주는 심정으로 어리석은 신이 목숨을 마치도록 민망스러운 마음을 풀지 못하겠습니다. 이제 크게 용서해 유신(維新)하는 날을 당해 특별히 직첩을 돌려주시면 신이 죽어도 눈을 감겠습니다. 부자의 정은 천성인지라, 감히 천위를 무릅쓰고 죽음을 잊고 아룁니다."*

이에 문종이 곧 황희 아들 황보신의 직첩을 돌려주었다고 합니다. 그의 죄로 봐서는 죽을 때까지 마땅히 직첩을 돌려주지 말아야 하지만, 대신을 중하게 대접하는 도리로서 특별히 돌려준다는 칙지를 내렸다고 합니다.

그 문화해설사로부터 메일을 받은 건 뜻밖이었다. 요즘은 문화해설사도 자격시험을 본다니 세밀히 공부하는 모양이다. 처음 만났을 때 건네받은 명함을 안 버리고 있어서 내가 그에게 먼저 연락을 취했었다. 황희 정승의 말년에 대해서, 특히 아들 문제에 대해서 의문을 던졌었다. 그야말로 심심파적인 일이었다.

*

"서양에서는 말입니다. 라이브러리, 도서관을 자료관과 같은 개념으로 쓰고 있습니다. 그러니까 굳이 짓겠다면 우리도 자료관쯤으로 명명을 해얄 것 같습니다."

"아니, 자료관이라고 하면 기념관의 성격이 달라질 줄 아십니까? 결국 한 방향으로 가는 건 뻔하지 않습니까?"

텔레비전의 토론 프로그램 속에서는 정부 차원의 특정 기념관 건립 문제를 놓고 논쟁 중이었다. '기념관반대 시민연대' 측과 '기념관건립 추진위원회' 측 논자들의 설전이 팽팽하다 못해 불꽃을 튀기고 있었다.

유능한 사회자라고 일컬어지던 훤칠한 남자 아나운서는 그때 토론의 불길을 진압하는 데 절대 강경책을 쓰지 않고 시종일관 유연한 태도를 보여주어서 더욱 호감을 샀다. 손짓과 표정 등, 제스처로 논객들을 부추기기도 하며 진정시키기도 하던 그는 지금 방송가 최고의 자리에 있다.

　격렬하고 팽팽한 의견들이 오히려 난국으로 치닫고, 진실은 너무 상대적이었다. 하기야 유사 이래로 자신만의 진실을 끝까지 주장하다가 목숨을 잃었던 사람도 적지 않았다. 텔레비전의 패널리스트들은 진실을 위해서 적어도 자신의 얼굴을 걸어야만 했었다. 특히 용감했던 한 여성, 그이는 한동안 공중파 증후군에 시달려야만 했으리라. 시인이면서 교수였던 그 여성은 화려한 목걸이와 귀걸이, 양손에 낀 도합 다섯 개나 되는 반지 때문에 자신을 완전히 딴따라로 전락시키고 말았다. 논쟁의 본질과는 상관없이 그 여성은 완전히 수준 미달의 무개념 토론자 취급을 당해야만 했었다.

　"그래? 그럼 해보라구."

　상대측의 유명한 정치 노장의 공직 인사는 반말까지 동원해서 그 여성 시인을 깔아뭉갰다. 함께 추락하는 것들은 절대적으로 상대의 얼굴을 외면한다. 그저 상대 여성의 기를 누르기 위해 무력적인 언사도 불사했던 그 영감님. 그도 응분의 대가를 치러야만 했었다. 사회적 지위와 명망으로 평생을 유지해온 그가 정말 도덕군자였는지는 아무도 알 수 없었다.

　"에, 저는 서울시민입니다. 응암동에 사는 박두삼이라고 합니다. 에, 저는 절충안을 내놓겠습니다. 기념관과 자료관을 각각 따로 짓는 것입니다. 하나는 정부 예산으로, 하나는 국민 성금으로 짓는 것입니다. 에, 그렇게 되면 양쪽을 충족시킬 수 있는 중립성을 유지시킬 수가 있겠고 지금 설왕설래하면서 이 자리에 앉아 계시는 분들의 체면도 다 지킬 수 있고 말입니다……"

"여보세요, 박 선생님. 물론 선생님의 대안도 훌륭하신 논의가 되겠습니다만, 지금 이 자리는 기념관의 건립을 찬성하느냐, 반대하느냐에 대한 토론의 장입니다. 그러니까 선생님의 찬반에 대한 의견을 들을 수 있겠습니까? 여보세요, 여보세요. 아, 전화가 끊어진 것 같습니다. 그럼, 다음 분의 전화를 연결하겠습니다. 여보세요, 안녕하십니까? 본인의 소개부터 부탁드리겠습니다."

"국민 성금은 무슨? 개나발을 불고 있네. 그거 짜고 치는 거 아냐?"

당황한 사회자가 "아, 선생님, 먼저 본인 소개부터 좀!"을 외쳐보지만 그는 "전화 끊기만 해봐!"를 외치며 악의에 차고 수선스러운 말들을 쏟아내려는 투였다. 찰칵, 여지없이 끊어지는 전화기에 대고 그는 온갖 쌍욕을 퍼부으며 부르르 진저리를 쳤을 것이다. 아마도 단단히 벼르고 기회를 잡았던 차에, 그마저 무참히 짓밟힌 그는 어쩌면 곧바로 한강대교 난간 위로 뛰어 올라가지 않았을까. 인도의 폭이 넓고 경치가 너무 좋아서 오히려 두려움을 못 느낀다는 터무니없는 이유에서 자살 소동을 벌이기에 적합하다는 마포대교로 뛰어가든가.

"정말 뛰어내리려고 했던 건, 아니었겠지?"

"뛰어내려봤자예요. 어차피 나는 늘 헛발을 딛고 살잖아요. 제가 바로 허공의 사나이가 아닙니까."

"맞아, 그런 비슷한 제목의 소설이 있지. 허공에 걸린 사나인가? 그럴 거야, 아마. 그런데 고소공포증 같은 거 있으면 힘들겠다, 그치?"

나는 무슨, 소설을 말하려는 게 아니었는데 어쨌든 우리는 무슨 소설이나 연극 같은 장면 속에 들어앉아 있는 것만 같았다.

"이 일이라는 게 처음엔 다 유언장을 쓰고 시작했지요. 한 십오층 올라가니까 오히려 시야가 넓어져서 아래 세상이 좀 제대로 보이더라구요. 그리고 한 이십오층 이상 올라가면 모든 게 다 거기서 거기, 매한가지로 보여요. 이젠, 허공에 발을 딛고 있다가 아래로 내려와서 땅을 밟으면 감각도 달라요."

"야, 아주 도가 텄네, 텄어. 지상에서 반쯤만 들려 있는 삶, 뭐 그런 거야?"

"높이 나는 갈매기가 멀리 본다! 아버지가 마지막으로 광숙이 누나와 내게 들려주신 말씀이었잖아요. 그게 무슨 유언이었는지, 아무튼 저는 높이 날아오른 셈인 거죠? 비록 밧줄에 의지해서 올라가긴 하지만요."

"그래, 효자가 따로 없네." 정이 누나는 노릇하게 익어 터진 도톰한 장어 토막들을 연신 내 쪽으로 옮겨 놓아주며 "재밌다, 애"라는 말을 양념처럼 곁들였다. 사십여 년 만의 우연한 만남

치고는, 그 기이한 상황이 좀 웃기기는 했다.

"아, 맞네. 무; 뭉큰가? 무서워 놀라자빠질 것 같은 표정, 그런 그림 있잖아요.「스크림(scream)」,「절규」라던가, 딱 그 거였다니까요."

그때, 내가 밧줄에 매달려 유리문 사이로 정이 누나와 눈이 딱 마주쳤을 때 놀라 벌어지던 입과 휘둥그레 일그러지던 눈매의 그 기괴한 표정이 겹쳐왔다.

"내가? 그래, 그랬을 거야. 정말 공포였어."

"재밌다, 얘"를 추임새처럼 넣으며 내 말에 고개를 끄덕여 주던 정이 누나의 목소리가 금세 촉촉해지며 코맹맹이까지 되어 "너는, 너는 그러면, 정말 안 돼"라고 말더듬이가 되었다.

"아무리 뛰어내려도, 한강에 돌 던지기죠, 뭐. 백제 때의 낙화암도 아니고, 몇백 명이 단체로 빠져 죽어도 변한 게 없잖아요. 하긴, 낙화암 삼천궁녀 얘기도 정설이 아니고, 다 왜곡됐다잖아요."

*

너희 아버지 뭐 하시니? 당신이 그 애에게 물었던 것 기억하겠지요.

당신의 아버지도 교육자, 교장 선생님이라 했던가요. 그렇다면 당신은 분명 거짓말을 했거나, 당신의 아버지를 아주 욕

되게 한 겁니다. 설마, 교육자였던 당신의 아버지가 당신 같은 딸을 키웠겠어요?

나는 지저분한 기억을 털어내려는 듯 눈을 감으며 도리질을 하지만, 노파의 잔상이 자꾸 되살아나서 혼잣말을 중얼거린다. 교육공무원들이 받는 서훈 명단에서 K 선생을 발견했다. 누구보다 훌륭한 교장 선생님으로 대미를 장식하게 된 그의 삶은 과히 복되고 무난한 행로였을 것이다.

광숙이가 삼층 교실 창문에서 뛰어내렸을 때, K 선생은 그 애가 유리창 청소를 하다가 발을 헛디뎠다고 보고했다. 그리고는 한동안은 친절한 선생이 되었다. 그 애의 동생 광수와 그 애와 제일 친했던 나를 불러서 자주 학교 앞 분식집에 데리고 가기도 했다.

"우리 아버지는 사기꾼이에요."

K 선생은 광숙이에게서 꼭 그 대답을 들어야만 했을까. 학교가 금방 조용해질 수 있었던 것은 높은 자리에 있었던 운철이 아버지 덕분이었다. 그런 검은 관계를 의심하기에는 그때 나는 너무 어렸다. '어리다'라는 말의 원뜻은 '어리석다'라고 했던가.

"전에 한 번, 운철이 형을 우연히 만났는데 나를 못 알아보더라고요."

첫사랑도 아닌데, 운철이라는 이름에 화르르, 내 가슴에서 숨은 불씨가 터지는 것 같았다.

"나빠 보이지는 않았어요. 그 역시 바보가 아닌 다음에야 현대판 음서제도의 혜택을 놓칠 리가 없겠지요. 헌데, 줄이라면 저도 웬만큼은 타는 편입니다요. 꽤 높은 빌딩까지 잘 올라갈 수 있다니까요. 삼십층, 우리 일에 법적으로 허용된 건 거기까지라는 게 아쉽긴 하지만요."

풀 먹인 삼베처럼 서걱거리면서도, 유연하고 참참한 위트를 날릴 줄 아는 광수의 말씨에는 제 앞가림 정도는 하고 산다는 자부심이 배어 있었다.

"됐네, 그럼. 줄이야 아무나 잘 타는 게 아니니까. 운철이 걘, 광수 널 기억 못할 거야. 그땐 우리 모두가 너무 어렸잖니."

"하긴, 어떻게 기억하겠어요, 기억하고 싶지 않았겠죠?"

광수는 어디까지 어떻게 기억하고 있는 걸까.

광숙이는 정말 스스로 뛰어내렸을까. 운철이는 하필이면 그때 왜 때맞춰서 맹장 수술로 결석을 했을까. 풀리지 않는 수수께끼의 블랙홀 속으로 빨려 들어간 광숙이.

아버지의 친구라는 그 남자들에게 끌려갔다 온 후로 그 애는 갑자기 안짱다리가 된 듯 어기적 걸음을 걸었고, 지나가는 소나기 빗방울처럼 그 애의 종잇장 같은 뺨 위로 후드득 느닷없는 눈물이 떨어지고는 했다. 내가 해줄 수 있는 건 "여기, 아파?" 하면서 그 애의 허리께를 짚어주며 책가방을 한번씩 들어주는 것뿐이었다. 그리고는 그 애를 억지로라도 웃게 하려고 내 손이 광숙이의 겨드랑이쯤에서부터 허리께를 어루만

지면서 간질이면, 그 애는 겨우 배시시 웃음을 지으며 간절한 눈빛이 되었다.

"우리 광수한테 말하면 안 돼. 정말!"

나는 무조건 알았다고, 약속한다고 새끼손가락을 걸었다.

*

유비가 제갈량을 모셔올 때 삼세번, 삼고초려를 하지 않았습니까마는, 황희는 태조가 개국하고 삼 년 만에 신왕조에 출두합니다. 역성혁명에 반대하여 속세와 멀어진 고려의 충신들. 황희도 애초에 그들과 함께 두문불출했지만, 새로운 국가에서 필요한 인재로 청함을 뿌리치지 못하고 결국은 관청에 나갑니다. 임금을 지극히 보필함에 있어서, 하다 보니 무리한 때도 있는지라 한때는 서인(庶人)이 되어 유배 길에 오르기도 합니다.

그리하여 황희가 향관(鄕貫)인 남원으로 옮겨갈 때, 압송은 하지 말라는 왕명이 있었습니다. 황희가 무슨 말을 하더냐고 태종이 물으니, 살가죽과 뼈는 부모가 낳으셨지만, 의식(衣食)과 복종(僕從)은 모두 성상의 은덕이니, 신이 어찌 감히 은덕을 배반하겠는가? 실상 다른 마음은 없었다, 하고 울면서 어찌할 바를 몰라 했다는 기록도 있습니다.*

그러나 그의 죄 없음이 밝혀져, 임금이 곧 부르시니 다시

임용이 됩니다. 그리고 탄핵의 상소를 받고 파직되었을 때 또한 이듬해 곧바로 복직이 됩니다.

이만하면, 구십 성상의 세월이 영귀(榮貴)하다 할 수 있겠고, 일세를 풍미한 삶이었습죠.

문화해설사의 메일은 그의 꼼꼼한 공부에다 나름의 해석을 덧붙인 내용이었다.

반구정의 그가 황희를 대신하여 갈매기를 벗 삼아 노는지는 모르겠지만, 그만하면 은퇴한 삶도 넉넉해 보였다.

나는 그에게 동문서답식의 답장이라도 써야 했다. 빌미를 준 건 내가 먼저였기 때문이다.

어떤 아들은 말이죠, 세상에서 그토록 존경해 마지않던 자신의 아버지의 정치적 과오가 만인 앞에 드러났을 때 자살하고 말았죠. 아버지와 같은 삶을 살고자 했던 그는 숭고한 아버지의 허상이 깨지자 삶의 좌표를 잃었던 겁니다. 다른 나라의 이야기긴 합니다만.

우리는 그런 아들, 여태 듣도 보도 못했잖습니까.

정의롭지 못한 아버지에게 절망하여 목숨을 끊기까지야 할 수는 없지만, 적어도 그런 아버지를 부정조차 하지 못하는 자식들은 또 뭡니까? 남의 자식의 자리를 빼앗아 자기 자식에게 주는 아버지, 그런 아버지를 갖지 못해서 우리는 언제까지 불행해야 하는 겁니까.

이 허방 같은 세상천지에서 인간의 한평생 잠시 잠깐 일세를 풍미했다 한들, 제 아들에게 고삐나 물려주는 아비밖에 더 되겠습니까? 제 새끼를 핥아주는, 늙은 소 같은 아버지.

우리가 말입니다, 불의한 아버지의 그 아들처럼 자살이라도 하지 않는 한, 우리는 계속 그런 아버지를 양산할 수밖에 없는 거 아닙니까.

어느 옛날, 그 누구는 허공에 대고 경을 읽었다고 하잖습니까. 경을 읽은 그 하늘 자리 밑에는 아무리 눈비가 와도 젖는 법이 없어 마른 땅 그대로였다고 합니다만.

허공에 발을 딛고 있으면 무망중에 보이는 것들이 있습지요. 타인의 상처를 밟고 일어선 사람들, 깔끔한 신발 바닥을 들어 보이며 진창을 용감히 통과했다는 안도와 자망(資望)의 우아한 미소를 터뜨리는 얼굴들.

그 아비의 고삐를 잡고 그 아비가 닦아놓은 길을 순순히 밟아가는, 누군가의 그런 꽃길이, 다 살아보기도 전에 정해져 있다면 그건 시간의 테두리 안에서겠지요. 역사 속에 갇힌 위인도 속인도 다 시간의 얼레가 풀고 당기는 줄을 따라오가는 사무친 미생(未生)들 아니겠습니까.

---

* 황희에 관한 내용은 『방촌 황희 평전』(이성무, 민음사, 2014)에서 인용, 참고하였음을 밝힙니다.

오이지

일 년여 만에 만난 은숙 언니.

머리를 완전히 밀었고, 금방이라도 바스러질 것 같은 몸피에 뼈만 앙상해 새카맣게 타들어가는 피부 하며, 시력까지 잃어서 죽음이 드리운 최후의 모습이었다. 아니, 아직 숨이 멎지 않고 있다는 사실이 놀라울 만큼 다른 생물체가 되어버린 언니.

병상을 지키던 아들이 "엄마, 윤 선생님, 오셨어요" 하자 언니의 표정과 몸짓이 움찔했다. 손가락을 까딱이면서 뒤집기를 시도하는 아이처럼 들썩이더니 이내 검불같이 수그러지는, 그 모든 광경이 죽었던 사람이 벌떡 일어난 것만큼이나 내게는 또 한 번 충격적이었다.

다행히 언니의 의식은 온전한 편이었다. 혀가 말려 들어가서 목소리를 낼 수는 없었지만 내 손바닥과 아들의 손바닥에 대고 눌러쓰는 손가락 글씨로 의사 표시는 할 수 있었다. 오직 청각만 살아 있는 언니가 내 말을 맞받아서 자신의 응답을 내 손바닥에 대고 철필로 쓰듯이 꾹꾹 눌러썼다.

처음엔 내가 언니의 그 손가락 글씨를 잘 읽을 수가 없어서 "응, 응 뭐라고요?"를 반복해야 했다. 그럴 때마다 은숙 언니는 아들의 손바닥에 대고 손가락으로 다시 자신의 말을 복기해야 했고, 언니의 아들은 내게 통역을 해주었다. 나는 언니가 두 번씩이나 말해야 하는 게 미안해서 내 온몸의 감각을 손바닥에다 집중해서 경청을 했다.

"늘 두 번 이상 반복해서 말하는 사람이야. 지랄맞은, 저 잔소리 대왕의 강박증 때문에 내가 내 명대로 못 살아." 언젠가 은숙 언니가 툭 바람 빠지는 소리로 분노를 터트리던 기억. 아, 수량사에 가던 날 언니가 남편 강 교수의 차를 갖고 나왔을 때였다. 운전 중에도 남편의 전화가 자꾸 걸려오니까 열이 받은 언니. 아마 강 교수는 새로 뽑은 차를 내준 게 불안한 모양이었다.

어쨌든 언니의 입 모양과 손가락 글씨를 조합해서 우리는 그런대로 의사소통을 할 수 있었다. "어머, 어머!" 하면서 까르륵 웃음을 잘 터뜨리던 언니의 명랑함이 그 복화술 같은 대화 중에도 여전히 되살아나서 언니가 이제는 회복이 된 건가 반신반의했지만, 크윽크윽 목 안에서 빠져나오지 못하는 웃음소리에 나는 직감을 했다. 아, 언니가 얼마 못 가겠구나.

하지만 내 손을 어루만지며 "이제 눈만 좀 보였으면 좋겠어"라고 입 모양을 궁싯거릴 때는 너무나 태연자약한 회복기 환자 같아서 나는 또 반신반의할 수밖에 없었다. 어, 언니가 정말 살아나겠구나.

회광반조(回光返照)라고 했던가. 마지막 생명 상태에서 잠시 한껏 타오르는 현상. 원래 참나[眞我]를 내 안에서 찾으라는 불가의 용어라지만, 죽음 직전의 사람들에게서 잠시 나타나는 의식의 뚜렷한 회복을 두고도 말한다는.

그래서였던가. 며칠간 절친한 사람들을 차례로 만날 수 있었던 언니는 활기 있는 날들을 잠깐 보내는 것 같았다. 남편 강 교수가 언니의 핸드폰으로 병문안이 가능하다는 알림 문자를 직접 지인들에게 띄운 덕이었다.

코뚜레 같은 산소흡입기 콧줄을 끼고 누운 채로 링거가 안 꼽힌 한쪽 손을 제법 민첩하게 놀리며 신체언어를 구사하는 은숙 언니의 생기발랄함이 꼭 무언극 배우의 퍼포먼스 같았다. 좀 놀랍거나 뜻밖일 때 "어머, 머, 머!"를 연발하면서 상대의 어깨나 팔뚝을 툭툭 치던, 그 열렬했던 언니의 버릇은 초면이라도 단박에 사람의 마음을 열어젖히는 비장의 무기였다.

언니가 오랫동안 다녔던 문화센터의 글쓰기 강좌. "얘, 다 거기서 거기야. 그 세계도 별다른 게 없어." 몇 번쯤 거쳐 간 시인 작가 강사들이며, 그들을 추종하는 중년의 문학소녀들 사이에서 벌어지는 자잘한 에피소드들을 내게 전하며 도리질을 하던 언니. 그 생생한 표정과 손사래를 치던 몸짓들. 온몸의 혈관을 튜닝하듯 튕겨내는 신체언어는 은숙 언니의 초혼 골수의 지점에서부터 발화된 것이었을까. 보이지 않는 누군가의 손이 구석구석 훑어서 흔들어버렸는지도 모른다.

골수암이라니. 그토록 깔끔하고 청정했던 사람에게.

초점이 맞지 않는 언니의 시선이 천장에 가닿는 것을 목격한 나는 다시 갈피를 잡을 수 없었다. 아, 언니가 반 이상은 벌써 건너갔네.

아내에 대한 마지막 헌신인가. 강 교수는 죽어가는 새에게 모이를 주고 있는 것 같았다.

첫 병문안 후 일주일 만에 다시 만나는 은숙 언니는 놀랍게도 밥을 먹고 있었다. 간병인은 외출을 했고, 강 교수가 두 숟가락 정도의 밥을 마가린에다 비벼서 아내의 입에다 떠넣어 주었다. 여전히 산소흡입기를 낀 언니의 코 밑으로 편의점용 플라스틱 숟가락을 들이밀고 있는 강 교수의 뒤통수가 듬성듬성 드러나 보였다.

지방대학 교수 남편을 둔 은숙 언니는 뒤늦게 자아 찾기에 나서는 중년 여성들의 로망이었다. 일주일에 한 번 정도 주말에만 필요한 소위 파트타임의 아내이면 됐고, 정년보장의 정

교수인 남편의 연금에서 자신의 몫도 어느 만큼 법적으로 용인되고 있으니 말이다.

금요일 저녁이면 가슴이 뛰는 울렁증이 도진다는 말에, 아직도 신혼이냐고 농담을 건네는 축들에게 울렁거림과 설렘도 구분 못하는 그들 역시 무감각한 부부일 뿐이라고 일축하던 언니.

"집에 올 때마다 무슨 현장점검을 나온 감시반장 남자 같다니까." 십수 년을 주말부부로 살아왔기에 이력이 나기도 했을 테지만 늘 진상손님만 같다던 남편. 깊은숨을 뿜어내며, 납덩이가 얹힌 가슴을 지근대던 언니의 그때 그 앙상한 손. 단 한 번만이라도 주먹도끼같이 매운 손이 되어 강 교수의 불뚝한 뒤통수를 한 대 후려칠 수 있었다면.

닭모이만큼의 식사를 마친 은숙 언니는 입맛이 되살아나는지 오이지가 먹고 싶다고 입술에 있는 힘을 다 모아서 발음을 했다. 여전히 목소리는 나오지 않고 시력도 돌아오지 않은 언니에게 그나마 온전히 살아남은 건 청력뿐이었다.

"언니, 제가 다음에 올 때 오이지 꼭 해올게요."

링거가 꽂히지 않은 쪽의 손목을 비틀며 오이지를 발끈 짜는 시늉이 어찌나 강렬한지 아, 이젠 정말 언니가 살겠구나, 하고 나는 단박에 약속을 했다. 지금은 한창 샛별 같은 오이꽃들이 조롱조롱 맺히는 절기가 아닌가. 언니도 그처럼 소생할 것이라 믿고 싶었다. 잘 퍼진 쌀밥에 아삭아삭한 오이지를 곁들여 먹으면 언니가 완전히 회복될 것 같았다.

여전히 복화술같이 입술을 쫑긋거리는 말투였지만 오이지를 무칠 때 참기름과 깨소금을 넣어야 한다면서, 깨소금을 흩뿌리는 동작도 자연스러웠다. 콧줄을 꿰고 한쪽 팔에 링거를 꽂은 특수 집중치료실 환자의 그 낯설고 디테일한 퍼포먼스는 한편 미려하기까지도 했다. 늘 뼛속까지 가닿아야만 하는 메시지의 침투, 온몸으로 발화하는 언어의 진정성이랄까.

바깥세상의 소식, 동향의 지인들과 문화센터 동료들의 이야기를 손바닥 글씨와 온몸의 언어로 우리는 신나게 떠들었다. 그날도 그렇게 내 손바닥에 대고 언니가 쓰는 손가락 글씨를 내가 잘 알아먹지 못하자, 언니는 마치 지우개로 싹싹 지우듯이 자신의 손바닥으로 내 손바닥을 싹싹 비벼서 털어내고 다시 검지 끝에 기를 모아 차근차근 단어들을 써내고는 했다. 언니의 그런 순간의 몸짓들은 날렵하고도 섬세했다. 그래, 언니가 정말 오이지를 먹는다면 금방이라도 살아날 수 있겠구나.

나는 또 한 차례 강 교수가 직접 환자의 목에서 가래를 뽑는 일도 지켜보았다. 그는 숙달된 동작으로 막힌 하수구에서 이물질을 제거하듯 수동식 석션기의 튜브를 언니의 목구멍 깊이 집어넣고 치지직, 소리가 나게 두세 번의 작동을 하고는 금방 거두어냈다. 언니의 시선은 초점 없이 허공을 향했지만 아주 시원한 듯 만족한 표정이었다.

강 교수는 다시 허깨비 같은 아내의 몸을 좌우로 조심스레 굴려가며 욕창을 예방하기 위한 조치를 취했다. 그리고 기저귀도 살폈다. 언니의 투병이 일 년을 넘어가면서 강 교수도 간병에 꽤 익숙해진 듯했다. 그가 언니의 환자복 바지 끈을 풀고 기저귀를 갈아 채울 때 앙상한 고관절 사이로 거뭇하고 무성한 거웃이 슬쩍 드러나는 것도 나는 가만히 지켜보았다. 언니의 민머리와는 대조적인, 여성성의 살풍경함 앞에서 나는 잠깐 아뜩해졌다.

*

언니, 굴암산에 갔다 내려오다가 발목을 접질러서 삐었을 때 말이에요. 바로 근처의 약수암에 들러서 도움을 요청했는데, 절집 사람들이 쌀쌀맞게 외면하는 바람에 절뚝거리며 엉금엉금 기다시피, 가까스로 큰길까지 내려와 택시를 타고 병원에 갔다고 했었죠.

그런데 언니, 약수암 뒷전에서 큰불이 났던 거 알아요? 아마 그때쯤이 언니가 진단을 받고 막 입원했던 시기였을 거예요. 골수암의 일종인 급성 림프구성 백혈병이라는 확진이 내려졌으니, 집안에 큰불이 난 거나 마찬가지였겠죠. 저도 실은 그때 '약수암 화재'라는 뉴스를 본 것도 같은데 그다지 크게 인식하지 못했던 것 같아요.

거봐요 언니, 그렇게 중생의 아픔을 외면하더니 화를 입잖아요, 하고 당장 언니에게 전화를 걸어 빅뉴스라며 수다를 피웠을 텐데요. 그러면 언니도 예의 그 제스처와 함께 맞아, 맞아, 하면서 맞장구를 쳤을 텐데요. 보나 마나 내 어깨를 툭툭 치는 듯, 빈손을 허공에 대고 휘저으며 파닥파닥 새 쫓는 제스처를 해가며 전화기에 대고 키들키들 웃음을 터뜨렸을 텐데요.

언니와 나 사이에 분명히 있었을 그런 해원의 과정들이 생략된 거 보니까 그때는 저도 흩날리는 시간에 침식당하고 있지 않았나 싶어요. 일 년씩이나 언니와 소통이 없었다네요.

어느 봄날, 저 혼자 약수암에 갔다 내려오다가 언니네 집 근처 골목에서 전화를 했더니 곧바로 언니가 달려 나왔죠. 초저녁쯤이었는데 언니는 벌써 저녁을 먹고 설거지까지 마친 홈드레스 차림이었어요. 사실 언니의 그런 옷차림은 처음이었고 생소했어요. 늘 단정하고 반듯한 언니의 외출복 자태만 보았거든요. 그 평상복 차림이 이상했다는 게 아니라, 어딘지 숨죽어 있는 모습이었어요. 세미나에 간다던 남편이 일정이 취소되었다며 갑자기 들이닥치는 바람에 혼비백산했다고, 무슨 집달리가 차압을 붙이러 온 상황극을 겪은 듯했어요.

언니, 고구마를 쪄서 은박지에 싸고, 뜨거운 커피를 보온병에 담고 굴암산에 오르는 게 그즈음 언니의 유일한 낙이었던 거 알아요. 일주일에 한 번 구립 문화센터에 나가서 글쓰기

강의를 듣는 것 말고는요.

언니가 드디어 에세이 작가로 등단해서 기념식이 있던 날. 제가 작은 꽃다발을 가지고 대학로의 예술회관으로 갔었더랬지요. 그때 함께 찍었던 사진, 그때 왜 그렇게 언니의 모습이 희부윰하게 나왔던지요. 똑같은 위치와 각도에서 포즈를 취했는데도 저는 뚜렷했고, 언니는 마치 안개에 한 겹 쌓인 듯 이미지만 강렬하게 나와서 깜짝 놀랐었죠. 그땐 핸드폰의 카메라 기능이 지금보다는 훨씬 뒤떨어졌으니까 그러려니 했지만, 사실 그때 저는 사진 속 언니의 모습이 섬뜩했어요. 병석에서 잠간 외출한 듯 퀭한 눈매가 맘에 걸렸어요.

"아, 강시 출현이닷!" 제가 유머랍시고 스스럼없이 외쳤는데도 언니는 그냥 배시시 웃기만 했어요. "얘는?" 하면서 제 어깨를 툭 치거나 샐쭉해져서 "얼른 지워버려" 했어야 할 텐데, 언니는 그냥 초연한 미소만 지었던 거예요. 저는 속으로 찔끔했지요. 내가 너무 심했나, 언니가 상처 입은 건가? 하고요.

그때 언니는 왜, 언니 특유의 격한 반응이 없었던 걸까요. 아니, 언제부턴가 언니는 차라리 한쪽 끝 마음의 문을 닫아버렸던가요.

언니랑 수량사에 갔던 날, 돌미나리 한 바구니씩을 사 왔지요. 사찰 경내의 찻집에서 친절과 자비와는 거리가 먼, 다소 뜨악한 말투의 보살 때문에 기분이 별로였던 우리는 차만 마시고 바로 절 문을 나와버렸지요. 아마 근처에 미나리꽝이 있었던가 봐요. 바구니에 소담스럽게 담긴 돌미나리를 발견하고 좋아라 했던 우리. 언니와 공유했던 것들이 왜 이렇게 자잘하면서도 부얼부얼하게 되살아나지요?

우연히 어떤 작가의 글에서 그 찻집의 불친절한 보살을 향한 불만의 소리를 발견하고 제가 언니에게 전화를 걸어서 호들갑을 떨었지요, 그게 무슨 화젯거리라고.

그때 언니의 반응은 "거봐" 딱 한마디뿐이었지요.

*

은숙 언니는 정수기의 찬물을 받아서, 말린 붉은 꽃잎이 들어앉은 유리 다관에 그대로 부었다.

"히비스커스라고, 서양 무궁화야. 우리 무궁화보다 훨씬 크고 붉은 꽃잎. 색이 어찌나 진한지, 소금 뿌리듯이 마른 꽃잎 가루를 살짝만 물에 떨어뜨려도 금세 핏물이 돼버려."

놀랍게도 선명하고 붉은 진물이 금방 투명한 유리 주전자에 녹아 나왔다. 뜨거운 물보다는 차가운 물에서 본연의 결정체를 더 잘 용해시키는 성질이 있다고 했다.

"처음엔 정말 핏물을 마시는 듯 비릿하고 섬뜩했지. 그런데 이젠 선혈이 낭자한 이 물을 대놓고 마시네."

언니는 입꼬리를 실룩이며 히죽 웃었다. 핏물이 묻은 입술을 핥듯 혀끝을 한번 빼물었다. 나는 뭐, 이런 엽기적인 차가 있느냐고, 이거 혹시 클레오파트라나 측천무후가 마셨던 차가 아니냐고 농담을 했다. 그러니까 그때까지는 아직 은숙 언니의 발병을 아무도 알아채지 못한 평온한 날이었다.

"동물이나 식물은 천연기념물이라 지정하고 보호해주면서 인간들에게는 왜 그런 제도를 안 만들어주는지 몰라요. 심지어는 바윗덩어리와 땅덩어리도 무슨 기념물이라고 기려주면서 말이에요. 인간 천연기념물인 그 친구들, 성격이나 말투, 패션, 기호식품과 취미, 인간성까지 공통점이 있다는 게 재밌더라구요."

여느 때처럼 내 편이 되어주는 한 사람, 은숙 언니에게 나는 누군가를 성토하는, 불화의 사연들을 털어놓았을 것이다. 늘 그렇듯 관계 맺기의 실패, 지지부진 끝나버린 연애의 시초도 객관화되지 못한 합리화로 성토했을 것이다.

"사골이나 족발의 핏물을 빼내려면 찬물을 부어서 우려내잖아. 차가움이 유효한 경우가 있지. 서로에게 너무 빨리 녹아들기를 바라지 마. 뜨거움을 오히려 거부하는 상대가 있어."

은숙 언니는 다시 한번 찬물을 받아 유리 다관에 부었다. 그러고는 혼담이 오가는 중인 아들의 상대 아가씨에 대해서 착하다는 말과 함께 아들을 곧 떠나보내야 하는 어미로서의 아쉬움을 토로했다.

"중국차를 마시려고 도기 찻잔을 집어 드는데 그 안에 오롯하게 들어앉아 있는 바퀴벌레의 유충들을 본 적이 있지. 그

철저하고 합리적인 모성애에 그만 기가 질렸어. 열등하고 하찮은 것들이라고, 방심하다가 허를 찔렸다고나 할까. 황토의 기운이 살아 있는 질그릇 안에다 아이를 키우고 싶은, 고급한 환경을 아이에게 제공하고 싶은 어미의 마음은 모든 생물이라면, 천부적으로 갖고 태어나나 봐."

그때 저는, 언니의 얼굴이 빵빵하게 부풀어 있어서 의심했죠. 곧 혼주가 될 테니 다들 한번씩 한다는 중년 여성의 얼굴 리모델링 같은 거 말이에요. 제가 실없이 웃으면서 "무슨 보톡스 시술 같은 거 하셨어요?" 하니까, 글쎄, 요즘 왜 이렇게 자꾸 붓는지 모르겠다며 언니는 대수롭지 않다는 듯 말했어요. 갱년기 증세인 것 같기도 하다고요. 소화도 안 되고 자주 감기에 걸린다고. 그리고 또 자꾸 피곤하다고요.

림프종 백혈병이 그렇게 자주 얼굴이 붓는다는 걸 그 병에 걸린 어떤 남자 연예인이 방송에 나와서 얘기하는 것을 보고 처음 알았어요. 그도 처음에는 얼굴에 무슨 성형 시술을 한 것으로 오해받았다고 했어요. 언니가 이유도 없이 피부에 자주 멍이 든다고 했을 때 "어, 설마, 강 교수님 폭력 쓰는 거 아니죠?"라며 내가 또 허물없이 던졌던 농담. 이제 와서 그 병세의 징후들이 생각나네요.

언니, 저는 왜 그렇게 둔감했을까요.

*

언니, 남편은 안 그런데, 아들이 밥을 안 먹고 나가면 엄청 속상하다고 했었죠. 언니의 그 아들, 하나뿐인 언니의 그 분신이 상주가 되어 지금 조문객을 맞고 있네요.

오이지를 기다렸다고, 저를 기다렸다고, 하네요.

언니의 며느리, 저는 예식장에서 한 번 봤던 사람. 시어머니인 언니가 신혼인 자기 집에 자주 오는 걸 두고, 언니의 아들인 제 남편을 통해서 불편하다고 삼가달라고 했던 그녀도 지금 검정 상복을 입고 옆에서 인사를 건네네요.

왜 저는 언니의 그 불편한 기억이 떠오르는 걸까요. 언니가 손수 김치와 밑반찬을 해갖고 갔더니 며느리인 그녀가 아파트 현관문 앞에서 반찬통만 받아들고 현관문을 확 닫아버렸다는, 그 너무나도 쇼킹한 사건 말이에요. 그렇죠, 언닌 한동안 얼어붙어서 우두커니 서 있었을 거예요. 나는 왜 그 장면이 마치 내가 겪은 것처럼 강렬하게 튀어나오는 걸까요.

강 교수가 내 손을 잡아끌며 밥 먹고 가라고 조문객들이 몰려 있는 방으로 밀어 넣네요. 에어컨의 냉기가 미처 가닿지 못한 한쪽 구석에 흰 베일을 늘어뜨린 수녀님들이 조용히 모여 앉아 있군요. 언니의 언니가 수녀님이라고 했죠. 막내딸마저 수녀가 되는 걸 어머니가 강력 반대했었다죠.

"결국 내가 출가(出家)를 포기하고 출가(出嫁)를 했잖아.

인간 구제 하나 하려고." 목젖이 보이도록 까르륵 웃음을 넘기며 가슴에서 단도를 뽑듯 한쪽 팔을 확 뻗어 반원을 긋던 언니의 그 격렬했던 동작이 생생하게 떠오르네요.

언니도 아마 저 수녀님들 사이에 끼어 앉아 묵주를 돌리며 입술을 달싹이며 성경 구절을 암송하며 기도를 하고 있을까요.

마취 속에서 너의 이름을 불렀다. 간절히.

회전목마를 타고 터널을 빠져나갈 때 너는 춤을 추며 미끄러지듯 나를 따라왔다.

어느새 내가 너를 뒤쫓고 있었다. 우리는 원형의 통 속에서 끝도 없이 굴러가고 있었다. 마취에서 깨어났을 때 간호사에게 물었다. 내가 누군가의 이름을 부르지 않던가요?

언니, 제가 언니의 병실에서 보았던 언니의 눈물. 그때 언니의 남편 강 교수가 마가린에 비빈 밥을 떠먹여주니까, 언니가 겨우 반 숟가락쯤 받아먹다 말고 여전히 혀뿌리가 다 말려들어간 소리를 힘겹게 뱉어내며 보이지 않는 눈으로 남편을 건너다보면서 "진작 좀 나한테 잘해주지" 하며 눈가를 적시던 눈물요. 그게 비록 눈물샘이 다 망가지고 막혀버려서 흘러넘치는 유루 현상이었을지라도 말예요. 언니의 눈가에 아슴하게 번지던 그 혼곤한 습기. 내 망막에도 안개의 막 같은 게 서리며, 뿌예졌지요.

아, 언니가 오이지를 기다렸다는, 저를 기다렸다는 말에 가슴이 저며오네요. 언니, 오이지보다는 에세이집을 내자고 했던 기대감 때문에 저를 기다렸던 거 알아요. 같이 창작 공부하던 문화센터 친구가 작품집을 가지고 병문안 왔더라고 하기에, 제가 "그럼 언니도 책 내세요. 제가 다 알아서 해드릴게요" 했을 때 환해지던 언니의 얼굴. 금방 떨치고 일어날 것처럼 화색이 돌던 그 표정. 허공에 눈망울을 굴리면서 아이처럼 벙글어지던 웃음이 진하게 떠오르네요.

"우리 며느리 될 아이가 참, 참해. 요즘에 그런 애 없을 거야." 아들의 결혼 상대 아가씨에 매우 흡족해하면서도, 아들을 곧 떠나보내야 하는 어미로서의 아쉬움을 토로했던 언니. 하지만 곧 내 아들을 맡아줄 임자가 비로소 나타났으니 "나는 해방이다!"라고 외치며 두 팔을 번쩍 들어 올려 독립 만세 자세로 까르륵대던 언니의 그 파안대소한 표정도 선명하네요.

*

언니 전에, 우리 전주에 갔던 일 생각나요?

제가 가입해 있던 단체에서 일박이일의 문화체험 답사로 갔었죠. 한옥마을과 경기전, 전동성당 등의 일정이 포함돼 있어서 제가 비회원인 언니를 초대했었잖아요. 마감 날짜에 마침 한 자리가 있어서요. 유일하게 같은 방 같은 침대에서 언니랑 함께했던 시간들이었죠. 전주의 그 초여름 밤에 확인했던 언니의 그 실용주의와 용기백배의 에피소드들.

사실 저는 그때 언니가 아주 작은 플라스틱 용기에 스킨과 로션, 영양크림 등을 덜어 왔던 일, 그게 제게는 좀 놀라웠어요. 아이들 소꿉같이 조악한, 어디서 그렇게 쪼그마한 비닐통을 구했는지 감탄을 하면서 언니의 알뜰함에 혀를 내둘렀지요.

제가 사는 빌라 이층 끝 집에 와보고는 유난히 추위를 타는 제게 식사를 제대로 해라, 비타민을 챙겨 먹어라, 하는 대신에 "서향집이라서 그래. 커튼이라도 해 달지." 언니는 살림꾼답게 단박에 진단을 내려주었지요.

저는 그때, 부어야 할 기간이 아직도 머나먼 정기적금 같은 것이 제 삶에 하나도 남아 있지 않다는 사실을 깨달았어요. 아무렇지도 않게 과소비를 하고 들쑥날쑥 길고 짧은 여행을 하는 무계획의 삶을 정리해야 할 것 같았어요.

"예전에는 다들 그렇게 시작했지만, 애 아빠랑 처음 사글셋방에서 신혼살림을 시작하니까 우리 친정어머니가 많이 속상해하셨어."

"네, 알아요, 언니. 동네 친척분이 그러셨어요. 과수원집 막내딸이 서울 가더니 없는 남자를 만나서 생고생을 한다고."

그날 밤, 전주에서 언니는 또 그 예의 호쾌한 제스처를 취하며 흐득흐득 웃었지요. 마치 술 취한 비둘기처럼요. 네, 그 남산 비둘기 말예요.

"그때 우리 애가 여섯 살이었어. 논문 쓴다고 여자 조교랑 밤샌다길래, 내가 그 호텔 방을 급습했었지. 문 앞에서, 애를 시켰어. 아빠 불러보라고."

언니, 그날 밤, 남산의 호텔을 내려오는데 밤 비둘기가 계속 울었다지요. 마치 언니를 호위하듯 따라왔다지요.

그다음 날, 전주 한옥마을 해설사가 마지막 황손을 소개했지요. 이석 씨라고, 「비둘기집」이라는 가요를 불러서 히트시킨 가수였다잖아요. 망한 왕조의 후예지만 티브이 사극 드라마가 아닌 현실에서 맞닥뜨리다니요. 어쩌면 궁궐 후원의 흐드러진 연회장에서 수많은 만조백관(滿朝百官)들에게 둘러싸여 있어야 할 사람이 아니었던가요.

우리 일행 중 한 명이 「비둘기집」 노래를 불러보라고 신청했었지요. 주저하는 황손 이석 씨를 대신해서 결국 일행들 모두가 합창을 했었잖아요. 여전한 「비둘기집」의 인기. 어쩌면 그건 국가도 임금도 아닌, 가정과 집이 개인의 구원이라는, 대중의 그런 갈망, 염원 같은 것일까요.

그런데 언니, 우리와 그토록 친근한 비둘기들이 말예요. 걔네가 알을 낳기 위해서 공원의 나뭇가지 위에다 둥지를 튼다는데요, 공원 관리인들이 가지치기라도 해버린다면 글쎄, 그냥 화단의 풀숲에다 알을 낳는 수밖에 없다네요. 도시의 비둘기들 대부분이 그렇다는군요.

언니, 저는 나름 열심히 살아왔는데도 아직 건너지 못한 강 같았어요. 직장을 관두고 뒤늦은 대학원생, 그게 무슨 마흔 넘은 '루저'들의 당상관인 듯 책가방 백팩을 메기는 했지만, 또 다른 사춘기를 맞는 듯 나는 도대체 무엇이 될까, 무엇이 되기는 할까, 불쑥 들쑤시는 불안감. 저를 설명하는 공적인 자리에서 모호한 존재감이 굴욕적이기까지 했어요.

언니, 제가 언니에게 오이지를 곧바로 해 가지 못한 건 분명 제 자신에 대한 방어기제가 먼저 작동된 셈이었을 거예요. 일주일에 두 번씩 정기적인 투석을 하고, 수시로 복수를 빼내는 와중에 소금기의 부작용이 일어난다면, 결국 환자를 미리 죽음으로 인도하는 일이라는 책임 회피 말예요. 한편으로는, 입에서 당기는 것은 몸에서도 받아들일 준비가 충분하다는 것, 의지대로 먹고 조금이라도 쾌차하기를 바라는 제 나름 감상적인 희망으로 우쭐하다가 한 주의 시간을 그저 흘려보내고 말았지요.

사실 저는 오이지무침을 시도하기는 했어요. 슈퍼마켓에서 진공 포장된 것을 사다가 하루쯤 물에 담가서 짠물을 완전히 빼냈어요. '니 맛도 내 맛도 없는' 그 닝닝한 것을 언니가 일러준 대로 발끈 짜서 참기름을 흠뻑 치고 깨소금도 솔솔 뿌려 넣었지요. 하지만 간이 거의 없는 그것은 오이지무침이라기보다는 정체불명의 흐물흐물한 식물성 합성조직 같았어요. 하기야 슈퍼용 재료부터가 단물에 절인 피클이었지, 전통적인 오이지는 아니었던 거죠.

　과연 이게 은숙 언니가 원하던 오이지무침이란 말인가. 저는 거의 절망적이기까지 했답니다. 티끌 하나 없이 반지레한 가구이며, 맵짜한 살림 솜씨로 인정받는 언니였는데요. 무엇보다 누구의 미각이라도 적절하게 맞출 줄 아는 언니의 요리 비법. 저는 턱도 없다는 자괴감으로 다음에 다시, 라고 스스로 위로하며 오이지무침이라고 하기에는 말도 안 되는 그것에다 소금과 파 마늘을 다시 넣어 내 입맛에 맞춰버렸지요.

　"난 요즘 너무 싱겁게 먹어. 식성이 변한 게 아니라 감성이, 의식이 변했나 봐." 언제부터 언니의 식성이 변했는지, 아, 그때 그러니까 언니가 글쓰기를 시작하고부터 그랬던 것 같아요. 식성과 감성을 연관 짓는 언니가 그때는 좀 우습다고 생각했거든요.

　꼭지가 살짝 마른 과일이나 잎끝이 티끌만큼이라도 노르스름한 쌈 채소를 물리치던 언니를 보면서 아마 남편 강 교수가 까탈스러워진 모양이라고만 추측을 했었지요. 그때가 아마 여름방학 중이었는데 강 교수님이 무슨 국제 논문을 쓴다고 외국인 교수를 집으로 불러다가 홈스테이 식으로 대접을 할 때였을 거예요. 언니의 음식 솜씨가 빼어나기에 망정이지 그걸 어떻게 다 맞춰주겠느냐고, 저까지 볼멘소리를 했던 게 생각나네요.

　"그놈의 논문, 논문, 내가 반은 해줘야 한다니까." 언니가 내조자의 역할을 충실히 하면서도 때로는 반감을 드러낼 때, 그게 다 교수 부인으로서의 적당한 자긍심의 푸념이라고만 여겼지요.

"우린 아직도 구강기야. 먹고 마시는 게 오락의 거지반을 차지하잖아. 입이 즐거워야 삶이 즐겁지. 금강산도 식후경이라는 속담이 아직도 유효해. 마시고 씹고, 물어뜯고, 구순기의 쾌감을 일생 동안 좇는다는 건 야만이야." 언니는 그즈음 계속 먹는 것에 대한 불만과 성토, 급기야는 혐오까지 드러내고는 했지요.

*

"아버지는 어머니의 유고 작품집, 이런 거 별로 내키지 않아 하셔요. 암보험 같은 걸 따로 들어놓은 게 없어서 어머니의 치료비와 간병비로 많은 돈이 들어갔거든요. 지금 아파트도 팔려고 내놨어요."

은숙 언니의 아들로부터 언니의 노트를 넘겨받았다.

그 집을 팔다니. 언니가 반질반질하게 닦아놓은 옻칠 고가구와 앤틱 콘솔들이 먼저 아프게 떠올랐다. 여자들의 로망이었던 대리석 식탁과 아일랜드 스타일의 기역자형 싱크대도.

처음 언니 집에 갔을 때 마흔여섯 평 아파트 안의 별채 같았던 강 교수의 방이 내겐 좀 이질적이었다. 잘 정리된 서가와 반듯했던 책상 위의 질서들. 강 교수 혼자만의 얼굴을 확대해서 걸어놓은 사진틀, 젊었던 날의 모습인 듯 그는 적당히 건강하고 온건한 인상이었다. 평균적으로 성공한 사람의 만족감과 안정감, 자신감이 복합된 표정, 실물이라기보다는 터치가 섬세한 초상화 같은 사진. 마치 깔끔한 독신 남자의 부재중 방 같았다. 거기에 언니는 없었다. 거실에도 평균적으로 화목하고, 적어도 경제적으로 쪼들리지 않는 집안의 표상인 그 흔한 가족사진 같은 것은 눈에 띄지 않았다.

아파트 단지지만 한적한 교외의 전원생활이 가능한 신도시의 편리함 때문에 인기가 있는 동네였다. 십이층 높이의 거실 창밖으로 멀리 펼쳐진 굴암산의 전경이 한 폭의 진경산수화 같았다. 부드러운 뾰족함이 도드라진 소위 문필봉이라고 칭하는 바위 하나가 전체 산 능선에 비껴 걸려 있는 모습이 올돌했다.

"진짜 풍수지리가 맞긴 맞나 보네요. 강 교수님 잘되신 걸 보면." 그 말인즉슨 강 교수의 입지전적인 삶의 내력을 조금은 알고 있던 내 립서비스 차원의 호들갑이었다.

"매 주말이면 낯설고 두려운 존재가 나타나는 것같이 불안했어. 마치 청소 검사를 받는 아이처럼 초조하고 가슴이 벌렁거려."

"에이, 언니. 그런 기회비용 같은 정도의 고통은 감수해야죠."

나는 왜 은숙 언니에게 무조건 공감해주지 못했을까.

언젠가 뒷 베란다를 청소할 때였어. 오래전에 내다둔 작은 소파 밑을 쓸어내다가 바퀴벌레가 죽어가는 과정을 지켜본 적이 있었네. 몸집이 엄청 큰 게, 대왕바퀴벌레라고나 할까. 아마 종신 상태였나 봐. 무려 열여덟 시간이나 버티다가 가더라고. 내가 목격하기 전보다 더 일찍 그놈은 버둥거리기 시작했는지도 모르지. 배를 하늘로 향하고 팔다리를 비비며 속죄하는 모습이라니. 바퀴벌레는 기도를 비대발광으로 하는 모양이야. 죽은 척하고 있다가 내가 다가가 손가락을 스치면 다시 애걸복걸하더군. 왜 이렇게 비굴할까.

은숙 언니의 노트 속에는 바퀴벌레알 같은 깨알 미립자 글자들이 드문드문 뭉쳐 있었다.

"어머니가 원하셨던 겁니다. 제가 정리를 좀 해보겠습니다."

나는 은숙 언니 노트의 갈피 사이에 검지 손가락을 끼워 움켜쥔 채로 결의를 보였다.

"그럼 비용은……?"

언니의 아들은 아마 출판 제반 비용을 염려하는 것 같았다.

"아, 그건."

갑자기 내 횡격막 끝에 뭔가 예리한 것이 쓱 베고 간 것 같았다. 누군가 내 목울대를 빨래집게로 꽉 조이는 것 같았다.

집을 판다고 했으니 남은 가족들의 안위가 현실적인 문제로 걸려 있겠지. 아들 결혼 때 무리해서 아파트를 사주느라

강 교수가 외벌이 타령을 하며 언니를 압박했었다는 일화가 생각났다. 요즘 맞벌이도 안 하는 여성이 어디 있냐며 괜한 부아를 언니에게 터뜨렸다는.

"아니, 나 혼자 낳은 자식이야? 어차피 집 해줄 거면서, 아들 며느리한테는 입도 뻥긋 못하면서." 언니가 막 팔을 뻗어 허공을 베는 듯한 그 특유의 제스처를 취하며 성토를 하던 모습이 상기되었다.

그리고 강 교수가 늦은 공부를 시작할 때 은숙 언니의 친정에서 많은 도움을 줬다는 사실도 떠올랐다. 아마, 과수원집 막내딸이 가락시장에 청과물 점포를 열더니 일 년도 못 가서 망했다는 소문이 고향 동네에 파다했을 때쯤이었을 것이다.

잊힌 기억 하나가 불현듯 떠오르듯이 연락이 닿는 사람이 될 거야. 궁금해하지도 마, 다가오지도 마. 지저분한 공책의 낱장을 뜯어내듯이 가뿐해지려고 해. 기분으로 밥 먹고, 놀러 가고, 또 누군가에게 한턱내고, 이런 일련의 즉흥적인 관계의 이벤트들이 영원할 수는 없는걸. 그래, 한숨 자다 깨서 보니 목적지에 다다른 듯, 후다닥 선반의 짐을 챙겨야 할 테지.

나는 다시 펼쳤던 은숙 언니의 노트를 덮어서 꽉 그러쥐었다. 누군가 채뜨려 가기라도 하듯 내 손아귀에 더욱 힘을 주어 그것을 움켜쥐었다. 붉은색 비닐 커버에 푸르죽죽 멍 자국이 서렸다.

왜 이렇게 멍이 잘 드는지 모르겠어……

은숙 언니가 흐드득 웃으며 링거가 안 꽂힌 한쪽 팔을 뻗어 올렸다. 언니의 상박근 안쪽 팔뚝 살, 그 깊은 곳에 새겨진 푸른 거미줄의 무늬가 물결처럼 어른어른 펼쳐진다.

귀래

'중촌 가는 길'이라는 찻집을 지나 자동차들이 먼지를 일으키는 비포장 언덕길을 조금 올라가면 '내일암(來一庵)'이라는 팻말이 나온다. 원래 '성불사'라는 작은 사찰이었는데, 주지 스님이 새로 왔는지 어느새 절 이름도 슬그머니 바뀌었다. 그렇다면 정련 스님은 영영 어디로 떠난 걸까.

　학창 시절 음악 시간에 배운 가곡 「성불사의 밤」을 흥얼거리며 올라간다. 이 노래 속의 성불사는 지금은 갈 수 없는 북한 땅 황해도 사리원 어디쯤에 있다는데. 제 노랫소리에 취해서 나는 마치 정처 없이 떠돌다 옛 절을 찾아온 객승처럼 감회에 젖는다.

　왜 오늘도 아니고, 하필 내일일까. '내일암(來一庵)'이라는 한자를 뒤집어보니 '일래암(一來庵)'이 아닌가.

수행 성문(聲聞)에도 절차가 있는 법. 일래불(一來佛)이라 했던가. 아직 완전히 번뇌를 끊지 못하여 영원한 아라한의 세계로 가지 못하고 일왕래(一往來), 반드시 한 번 더 인간계로 돌아와야 한다는 사다함(斯多含)의 단계. 그러나 내일암이면 어떻고, 모레암이면 또 어떠랴, 내게는 영원한 미망의 성불사인 것을.

원래 이쪽 길은 호젓하여 인적이 뜸한 곳으로 등산로와 연결되었으나 계곡 안식년제로 출입 금지라서 절에 가는 사람들만 오르는 길이다. 오후 다섯시, 겨울 산속은 이미 다저녁이다. 정말이지 이제는 객이 홀로 절 처마 끝에서 달랑거리는 풍경 소리를 들어야 하는 시간이다.

혹시 정련 스님이 다시 돌아왔을까? 서너 번의 일별이 있었을 뿐인데, 먼 친척뻘의 고모나 이모 집 앞을 지나칠 때처럼 생각나는 사람. 거의 이십 년이 다 되었을 것이다. 처음 우연히 성불사에 들렀을 때 내 옷차림을 보고 "참, 곱다" 하며 다음에 올 때는 꼭 빗과 샴푸를 가져오라고 농담까지 건넸던 비구니 스님.

나는 그때 낡은 청바지의 무릎을 깡뚱 잘라 만든 반바지에다 검정 반팔 티셔츠 차림이었는데 '참 곱다'라는 표현이 참 각별했다. 나도 내 용모가 그저 그런 편이라는 사실쯤은 충분히 스스로 인식하고 있던 터라, 그 스님의 '곱다'는 말의 속뜻을 나름 헤아려보았다. 속세인에 대한 연민 또는 해학이 아니었을까.

정련 스님과는 그 뒤로 두세 번 정도 먼발치에서 합장하는 정도의 수인사만 건네는 만남을 가졌다.

머리를 밀지 않았더라면 훨씬 더 미려했을 인물. 물론 내 부박한 주관의 안목으로 판단한 미의식이겠지만, 잡티 하나 없이 희고 빛나는 얼굴색이며, 아직은 젊은 정기를 내뿜고 있는 동그랗고 뚜렷한 눈매며, 넉넉한 승복이지만 단아한 여성의 자태는 전부 숨겨지지 않았다. 먹물 옷을 입었으나 멀찍이서 보아도 확실하게 눈에 띄는 미색의 외모에서 세속적인 호기심을 부추기는 신비감마저 풍겼다.

운수납자로 살아간다는 건 어떤 업보일까, 운명일까. 동서고금을 막론하고 매혹적인 여인일수록 그 일생 수류(水流)에 세파의 시련이 이끼처럼 피어나지 않았던가. 본래면목에 어두운 청맹과니는 제가 짠 그물에 걸리는 바람을 만지니, 나는 자꾸 그 앞에서 어떤 신파적인 사연을 캐내려는 천박한 속기를 들킬세라 더 수굿하게 머리를 조아리고는 했다.

범상한 여인의 삶이었다면 승적이든 기적이든 이름을 올려야 했을까. 석가 생존에도 여성의 출가는 가히 혁명이었다. 비구니계를 허락한 아난존자는 두고두고 지탄을 받았다지. 물론 이천오백여 년 전의 세상이었으니 남성이 아닌 여성이 치러야 할 현실적인 제약들이 엄청났겠지만, 지금이라고 속계를 등진다는 게 그리 만만한가.

암자로 오르는 입구의 돌층계에 철조망이 쳐져 있다. 내일암, 시멘트로 덧칠한 다듬잇돌 바위에 새로운 사찰명이 새겨져 있다. 돌층계 옆 오른쪽 넓적바위에 음각으로 '성불사'라고 파 들어갔던 글자 역시 시멘트로 메꾸어져 있다. '내일암 천일기도 정진'이라 표기된 현수막이 겨울바람에 허허롭게 펄럭이고 있었다.

정련 스님은? 빗과 샴푸는 또 어떡하고? 나는 지키지 못한 약속을 두고 자책하는 심정이 되어 망연자실 돌층계 밑에 오도카니 서 있었다.

가슴속을 훑어내는 한 자락 찬바람에 떨며 잔설이 살포시 얹힌 돌담 위로 솟아 있는 누마루 지붕을 올려다보았다. 두 손을 모아 붙이고 고개를 수그려 합장을 올린 내 시선 끝에 흰 봉투 하나가 딸려 올라왔다. 돈독한 신심의 불자가 바치고 간 시주가 저만치 돌층계 위에서 새하얗게 빛나고 있었다. 나는 검은 비닐의 귤 봉지를 배낭 속에서 꺼냈다. 빗과 샴푸 대신 무엇이라도 바쳐야 할 것만 같았다. 다시 한번 합장으로 예를 올리고 돌아서려는데, 돌층계 밑에서 한 여인이 돌아 나왔다. 뒤쪽 어딘가에 쪽문이 있는 모양이다.

"천일기도는 언제 끝날까요?"

신도로 보이는 그 여인에게 내가 먼저 말을 붙였다. 사실 귀신도 아닌 사람에게 흠칫 놀랐던 내가 미안한 마음으로 수

굿하게 합장도 먼저 올렸다.

"천 일 후에 끝나겠죠."

그 여인은 썰렁한 유머 한마디를 내뱉은 듯 겸연쩍다는 웃음을 살풋 터트렸다.

"정련 스님은 안녕하신가요?"

"정련 스님요?"

여인과 나는 얼음 박힌 산길을 더듬거리며 내려왔다. 겨울해는 벌써 뉘엿이 하산을 서두르고 있었다. 길 가운데 검은 유리판을 묻어놓은 듯 반들거리는 지표가, 썩지 못한 고엽들 사이로 드러나 있었다.

"등산화를 신었으면 좀 덜 미끄러울 텐데, 조심하셔야겠어요. 이 길이 전에는 입산금지 구역이 아니었거든요. 자연휴식년 기간에 묶여서 아마, 절에서도 같이 천일기도에 들어갔나 봐요."

앞질러 내려가는 여인의 등 뒤에 대고 나는 혼자 중얼거렸다.

미끄러지지 않으려고 집착하는 여인과 나 사이에서 어떤 장력이 발생했나 보다. 누가 먼저랄 것도 없이 등산로 입구의 찻집으로 들어섰다.

"중촌 가는 길, 찻집 이름치고는 좀 무게를 잡은 것 같죠."

나도 썰렁한 유머를 한마디 내놓았다는 듯이 겸연쩍게 웃었다.

"속계와 선계 사이에 있는 동네가 중촌이라잖아요. 주인이 꽤 공을 들인 이름 같아요."

이번에도 여인은 누구나 다 아는 얘기를 설파했다는 듯이 애교 있는 웃음을 살풋 터뜨렸다. 이층 주택을 개조한 찻집은 발코니에서 조망되는 계곡의 운치 때문에 인근에서는 명소가 되어 있었다. 내가 이 찻집에 첫발을 들여놓았을 때가 봄날이었다. 꽃잎이 다 지고 난 목련나무에서 성글한 잎사귀가 막 돋아나고 있던 참이었다. 꽃잎만큼이나 풍성한 나뭇잎이 피는 목련은 다산 축복의 문화를 가진 인류에게는 선망의 나무인지도 모른다.

"이 집 담장 너머로 목련이 우아하게 피어 있는 걸 볼 때면 '중촌 가는 길'이란 이름의 이미지가 잘 살아나는 것 같아요. 무릉도원으로 가는 길목 같잖아요. 주인이 도가에 좀 관심이 있는 사람인가 했더니 이미 옛사람이라더군요. 지금의 주인이 인수한 다음부터는 라이브 카페라고, 저녁엔 통기타 치고 노래하는 가수들도 나오더군요."

찻집의 내력을 아는 걸로 봐서 여인은 내일암이라는 절과 이미 인연이 깊은 듯했다.

"이 찻집에 오면 생각나는 친구가 있어요. 그때 그 친구는 실연을 한 상태였거든요. 그 친구가 울먹이면서, 떠나간 사랑을 얘기했더랬죠. 그 친구는 여기 이층 창가에만 앉아요. 봄날 저녁에 계곡 위로 피어오르던 구름을 잊지 못하는 거죠.

결국 목련 꽃잎도, 구름 꽃도 계곡의 수면 위로 난분분 난분분, 곤두박질치더라구요. 한창 목련처럼 피던 그 친구도 지금은 그냥 아파트 화단의 한 그루 나무 같아요. 화려한 꽃의 기억을 푸른 나뭇잎 속에 말아 쥐고 사는 나무 같아요."

사실은 그 친구가 울먹이면서 떠나간 사랑을 얘기할 때 나는 옛 순정만화 같은 통속함에 그저 기가 찼고, 나는 그때 너무 메말라 있어서 친구의 가버린 사랑 따위엔 맨송맨송할 수밖에 없었다고까지 말할 뻔했다. 초면인 사람에게 수다스레 흔해빠진 실연의 에피소드를 털어놓은 내가 머쓱해지자니 여인이 살폿한 웃음을 다시 터뜨렸다.

나는 그 친구의 사랑이 곧 추문으로 변해버릴 것을 짐작했답니다. 그리고 좀 더 현란한 꽃무늬 원피스 같은 또 다른 사랑을 구할 것이고, 또 곧 갈아입을 것을 알기에 그 친구를 좀 경멸했었답니다. 나는 결코 그런 사랑 따위와 타협하느라 몸과 마음이 비굴해지는 것을 용납하지 않을 것이라는 스스로의 메시지를, 그 친구에 대한 우정의 답례로 받아들였답니다. 사랑이 삶에서 그렇게 중요하니? 라고 내가 묻자 그 친구가 눈을 슬며시 내리깔며 고개를 끄덕일 때 어머나, 저런! 하며 감탄과 조소를 보냈던 기억이 새삼스럽군요.

"그 친구분, 참 아름다운 사랑이었을 거예요. 다음 생에선 그 사랑이 꼭 이루어질 거예요."

다음 생이라? 초고속망의 광통신 시대에 다음 날도, 다음 해도 아닌 현실감이라고는 전혀 없는 다음 생에 대하여 태연히 말하는 여인.

찬찬히 뜯어보니 검은색 패딩 외투를 벗은 여인의 완만한 어깨선은 팔꿈치로 내려갈수록 풍만한 곡선으로 흘러넘치고 있었다. 몸매가 드러나는 신축성 소재의 목 셔츠를 입은 여인의 상체에서 팔이 차지하는 질량의 비례가 넉넉하고도 남았다.

나는 탄탄한 팔을 가진 여자들에게 경탄하고는 했다. 아마 천수관음상의 이미지 때문일 수도 있다. 천 개의 단단한 팔을 가졌다면 얼마나 능란하고 피곤한 삶일까. 팔꿈치로부터 어깨에 이르는 상박근이 발달된 팔을 가진 여인, 내리누르던 삶의 무게가 결코 가볍지는 않았으리라.

"언니가 불룩한 자신의 배를 가리키며 제발 살려달라고 영문도 모른 채, 목숨을 구걸하고 있을 때 형부 역시 이상한 전쟁의 포로가 되어 무조건 살고 싶은 욕망에 피가 말라가고 있었겠죠. 언니는 어쩌면 영원히 성불할 수 없을지도 몰라요. 아이와 남편의 혼령을 피해 달아나다가 여기까지 왔지만……"

여인의 가방 안에서 핸드폰의 가는 신호음이 흘러나왔다. "그래, 아무 걱정 말고요, 수행 정진 열심히 하시어 꼭 성불하세요"라고 통화를 마무리 한 여인이 내게도 "죄송합니다"

라고 정중한 예의의 말을 잊지 않았다.

"원래 안거 수행 중에는 외부인과는 접촉할 수가 없는데도 제가 막무가내로 찾아온 거예요. 가끔씩 그 아이의 모습을 확인해야만 제 마음이 놓이거든요."

찻잔을 쥐고 있는 여인의 집게손가락에서 하얀 기도 반지가 빛을 발하고 있었다. 손가락을 살짝만 구부려도 관절 마디마다 얹혔던 둥글고 부푼 주름이 지워져버리는 여인의 손은 가늘고 섬세해 보였다. 여인의 초년은 아마 손가락의 마디가 굵어지기 이전처럼 순탄하고 평이했을 것이다.

삼십대 이전, 갑각류의 아주 작은 곤충 같은 것이 손가락 마디마다에서 굳게 자라나기 전의 여자는 꿈도 많이 가졌을 것이다. 어쩌면, 딸을 낳으면 피아노를 꼭 가르치리라는 것도 빼곡한 꿈의 목록 중의 하나였을 것이다.

"대추차 맛이 예전 같지 않고 좀 시큼한 것 같네요."

나는 식어버린 찻잔을 두 손으로 감싸 쥐며 모호한 트집을 잡았다. 투박한 오지그릇 찻잔은 만삭의 여인처럼 배가 불렀다. 양수처럼 따뜻하고 부드러운 액체가 채워져 있을 때의 찻잔은 더없이 풍요롭고 행복한 기운을 피워 올렸다.

어느새 라이브 가수가 기타를 치며 노래 부르고 있었다. 통속적이면서도 쓸쓸한 노랫말과 가수의 노랫소리 또한 적당한 호소력이 있어서 심금을 울렸다. 신청곡에 대한 답례로 중년 여자들 한 무리가 환호하며 박수를 쳤다. 유리 벽을 관통해

나간 호들갑스러운 박수 소리가 어둠이 내린 계곡으로 낭자하게 흩어졌다. 나는 찻잔 바닥에 여자의 하혈처럼 응고된 대추차의 검붉은 액체를 핥듯이 들이마셨다.

"언니는 그때 임신 중이었어요. 둘째 아이였어요. 온 동네가 초토화될 것 같은 불길한 예감에 큰아이는 미리 외가로 보냈더랬어요. 형부는 끝내 돌아오지 않았어요. 언니는 단지 형부가 걱정되어서 집 밖으로 나가보았던 것뿐이에요. 언니는 그때 남편의 늦은 귀가를 걱정하는 아녀자였을 뿐예요. 남편과 아이를 한꺼번에 잃어버린 횡액을 당한 여자가 살아갈 만한 공간은 속세에는 아무 데도 없었지요."

*

휴일 오후의 등산로 입구는 유원지로 변해 있었다. 버스가 저 아래 건너편 종점 안으로 들어설 때마다 원색의 야외복 차림 사람들을 뭉텅뭉텅 쏟아낸다. 등산객들은 얼추 빠지고 단풍철 여흥을 즐기려는 인파로 북적거린다.

'제9회 삼학산 축제'라는 펼침막이 내걸린 솔밭이 왁자하다. 문화원장이라는 중년의 남자가 무대로 나와서 마이크를 잡는다. 사회자의 소개에 의하면 그는 대한민국 최고의 학교인 S대학교의 치과대학 박사라고 한다. 그렇다면 그는 왜 서울 강남이 아닌 경기도 변두리에서 살고 있을까. 그가 악단의 반주에 맞춰서 「목포의 눈물」을 부른다. 이럴 때 다른 S대 출신 사람들도 이런 노래를 부를까? 나는 자못 궁금해진다.

앙코르 송으로 그는 다시 「내 마음 별과 같이」를 부른다. 환호작약하는 관중들은 모두 반백의 노인들뿐이다. 형형색색의 한복을 차려입은 여자들이 관중석 사이로 은박지 떡 접시를 나른다.

즉흥으로 떠밀려 온 분홍 꽃무늬 챙모자의 할머니가 「수덕사의 여승」이라는 노래를 부른다.

속세에 두고 온 님 잊을 길 없어 법당에 촛불 '키고' 홀로 울 적에 아, 아……

구성지게 꺾어지는 가락에 관중들의 박수 소리가 두텁다. 구곡간장을 녹이고 흘러나온 것 같은 비음 섞인 노랫소리가 솔밭 너머의 속세로 널리 울려 퍼진다. 마지막 가사는 수덕사의 '쇠북이 운다'인지 '새벽이 온다'인지 발음이 샌다.

쇠북이 울든지 새벽이 오든지, 살아갈 날들보다 살아온 날들이 더 많은 노인들에게는 추고퇴고(推鼓推敲)가 아니겠는가.

나이가 여든여덟이라는 할아버지가 나와서 「울고 넘는 박달재」를 신청한다. 수암6동 극동아파트 노인정의 회장이라는 그는 기골이 장대하고 목청도 매우 우렁차다. 하지만 높이 꺾이는 부분에서는 숨이 밭은지, 한 옥타브를 내려서 노래를 마친다.

빨간색 한복을 입은 중년의 여인이 나와서 「동백 아가씨」를 부른다. 여자의 립스틱도 동백꽃처럼 붉다. 단풍객들의 원색 속에 도드라지는 여자의 얼굴에서 나는 미안하게도 짙은 노욕의 흔적을 읽는다. 관절염과 혈액순환, 특히 중풍 예방에 최고라는 건강식품의 하이라이트 순서까지는 최대한 분위기를 띄워야 한다.

'삼학산 시집 출판기념'이라는 표시를 따라갔다. 『삼학산』이라는 시집을 저자가 직접 서명하여, 정가 칠천 원에서 오천 원으로 할인해준다고. 대체 이 여흥의 장소에서 누가 이런 시집을 산단 말인가.

푸른색 바탕에 붉은 봉우리가 봉긋 떠 있는 그림의 표지가 눈에 띄는 시집. 나는 일단 한 권을 집어 들었다. 여성 시인인가. 저자도 미소를 띠며 사인펜을 얼른 집어 든다.

"아, 시인님이시군요."

"아니, 남편이 쓴 건데요, 잠시 자리를 비웠습니다. 금방 올 겁니다."

마흔 후반쯤의 여성인데, 화장실 쪽을 흘낏하며 수줍은 듯 웃는 눈가에 겹주름이 보기 좋게 접힌다. 가을 햇볕에 살짝 그을린 맨얼굴의 여인이지만, 아직 고운 태가 남아 있다.

"아, 네."

나는 무심한 듯, 집어 든 시집을 뒤적거리자 '오월 어머니'
라는 제목이 눈에 띄었다.

　　당신은 잘 익은 고욤 열매처럼 쪼글쪼글한 얼굴과 사지를
달고 거기서 다시 밖으로 힘껏 달려 나왔을 테지요. 당신의
조그만 손과 발, 당신은 너무 많은 것들을 움켜쥐었기에 그
것들을 헹구고 싶었을 테지요. 그래서 한 여자의 씨앗 속으
로 쉬이 들어갔을 거예요. 당신만의 안식처로 잠시 쉬러 들
어가듯이 거기서 모든 지나온 생의 겹주름들을 반듯하게 펴
리라, 목표했을 겁니다.
　　당신은 어차피 어머니의 태내에서 열 달을 넘어서까지 살
수는 없었기에, 단지 조금 빨리 나왔던 것입니다. 새벽도 오
기 전에 푸른 실핏줄의 밤길을 밟았더랍니다.
　　당신이 그렇게 먼저 나온 뒤, 꼭 이태 만에 정확한 날짜에
맞추어 나도 주름투성이 맨손과 맨발로 울면서 뛰쳐나왔어
요. 당신이라는 또 다른 나의 일부를 따라서 그랬을 겁니다.
　　잘 말려둔 씨앗처럼 오랜 기억 속에서 당신을 무심코 끄집
어낸 날, 나는 비로소 어머니라는 나의 임시 거처를 고마워
했습니다……

내가 입술을 달싹거리며 한 편의 시를 천천히 다 읽었는데
도 시인이라는, 그 여자의 남편은 나타나지 않는다. 나는 책

날개를 펴서 저자의 약력을 훑었다. '중앙승가대학', '12년간 승려 생활'이라는 글귀가 돌올하게 내 시야에 맺힌다.

파계승이란 말인가. 나는 괜히, 돗자리 위의 수북한 책더미를 지키고 있는 시인의 아내에게 눈길을 던진다. 필시 통속적인 사연이라도? 다시 돌아온 거잖아. 아직 그 세계로 갈 수가 없었던가. 그렇다면 일래불(一來佛)? 어쨌거나 환속 승이라고 밝히는 게 독자들의 환심을 사는 데 도움이 될까.

시인의 아내가 자꾸만 사인펜을 만지작거린다.

다른 한쪽에서는 무료로 가훈을 써주고 있었다.

'항상 기뻐하고 범사에 감사하라' '건강하고 화목하며 꿈을 실천' '일일호일(日日好日) 월월호월(月月好月)'

너무나 뻔한 화선지의 말들이 너울거렸다.

영정사진 무료 촬영 코너에는 사진 액자들이 겹겹이 줄지어 널려 있다.

'전년도 축제 때 영정사진을 촬영하신 분은 접수처 뒤에 전시되어 있는 사진을 확인 바랍니다.' '전시된 사진 중에서 아시는 분이 있으면 찾아서 전해주시기 바랍니다.'

호소 같은 글귀가 산에서 내려오는 바람을 따라 팔락거렸다. 사진의 주인들은 모두 어디에 있는 걸까.

회청색 테두리에 금박으로 선을 두른 똑같은 크기와 모양으로 된 표구들, 주최 측에서 준비해온 한복을 입고 찍은 듯 똑같은 옷과 똑같은 표정들. 사진 속 바탕의 배경 역시 똑같은 회청색들이었다. 어쩌면 죽음 너머의 세계는 저런 색감일지도 모른다. 자신의 종신을 알리는 표정들, 음산하고도 음울한 눈빛들, 그중 샛노란 저고리에 빨간 옷고름을 단 초로의 여인이 도드라졌다. 단풍같이 화사한 최후를 소망했을까.

*

동네와 인접한 산자락이지만 겨울의 한 중동, 잿빛으로 가라앉은 사위가 고요하다. 나는 오늘도 '내일암'으로 바뀐 절집 앞에서 정련 스님이 더욱 궁금해진다. 언제였던가. 소화가 안 되는지 한 손으로 명치끝을 지근지근 누르며 살짝 인상을 쓰곤 하던 그의 모습에서조차 나는 통속적인 드라마 플롯의 실마리를 잡아내려 했었다.

이태 전 겨울에도 나는 여기에 와서 정련 스님의 안부를 물었다.

머리를 밀고 잿빛 승복은 입었으나 아직 앳된 여성이라는 성별의 구분이 확연한 행자가 퉁명스레 정련 스님은 지금 안 계신다고, 뵐 수 없다고 거의 화가 치미는 수준으로 대답했다. 나는 단지 정련 스님 계시느냐고 물었을 뿐인데 그게 그렇게 그 행자승의 부아를 돋우는 일이었는지, 그때 그 행자승이 왜 그렇게 내게 불쾌하게 대했는지 의문이 풀리지 않기는 마찬가지. 오늘도 그 행자승이 만나질까.

그때 그 행자승은 무언가 무거운 짐을 낑낑대며 들고 내려 갔었다. 아마 수행 중의 과중한 노동이 그의 심사까지 잠깐 짓눌렀는지도 모르겠다. 하지만 나는 절집 사람이 그만한 것으로 초면인 방문객에게 화를 터뜨리는 것을 이해할 수 없었고, 그가 내게 볼멘소리를 한다는 것 자체가 어처구니없는 수수께끼 같았다.

수행하는 사람이 어찌 그럴 수 있을까. 이런 억측과 추측 또한 부질없고 불가해한 의식 작용이겠지만 성불사를 생각할 때마다 그 행자승도 괜스레 궁금해지곤 한다.

그때 그가 무거운 짐을 들고 내려간 뒤 굳게 닫힌 절 문 앞에서 나는 무연히 서 있을 수밖에 없었다. 그러나 잠시 뒤에 발견한 오아시스 같은 환희심은 오늘도 나를 쾌청한 회상에 잠기게 한다. 조류도감이나 티브이 화면에서만 보았던 딱따 구리를 그때 나는 직접 보았던 것이다.

굳게 닫힌 절 문 옆의 잡목 터 가운데쯤 훤칠하게 서 있는 나무둥치 위 구멍 속에서 머리를 쓰윽 내밀고 두리번거리며 딱― 따르르 소리를 내는 새를 보자 나는 저게 바로 딱따구리 구나, 하고 한눈에 알아볼 수 있었다. 자세히 보니 한 놈은 나무 구멍 속에서 반쯤만 몸을 내밀어 밖을 내다보고 있었고 한 놈은 나무 아래 땅에서 무언가를 열심히 찾고 있었다. 나는 먼발치에 있었지만, 그들에게 내가 들킬까 봐 조바심치며 기척을 내지 않으려고 몸을 움츠렸다. 사람의 기운에 예민한 새들이 아닌가.

딱— 따르르르. 나무 위의 녀석이 긴 부리를 내밀고 자꾸만 외쳐댔다. 아마도 밑에 있는 녀석이 남편인 모양이었다. 저기 수상한 사람이 나타났으니 빨리 올라오라고 재촉을 하는 것 같았다. 신비함을 엿본 듯 그날의 체험은 오래도록 가슴속에 남아 있었다.

그 후로 신문에서 보고 알았는데, 성불사가 고려 시대부터 있던 유서 깊은 절이었다는 것이다. 국보급 상감청자 도자기들이 개축 공사 중에 발견되어 학계의 관심을 끌고 있다고 했다. 주지인 정련 스님도 거론되었다. 아, 그래서 그때 그 행자승이 나를 그렇게 경계했었나.

올 때마다 옛 성불사의 모습은 조금씩 변해 있었다. 오늘 내 눈에 가장 크게 들어오는 변화는 절 문의 위치다. 작년 봄에 왔을 때만 해도 절 문이 잡목 터 쪽으로 나 있었는데 오늘 보니 왼쪽 계곡 앞으로 돌아서 있다. 아직도 증축과 개축이 진행 중인가 보다. 지난겨울 저녁, 한 여인이 홀연히 돌아 나왔던 그 쪽문은 어디에도 없었다. 어쩌면 애초부터 그런 건 없었는지도 모른다.

내 처음 기억으로는, 성불사는 절 문이 따로 달려 있지 않은 개방적인 모습이었다. 그러나 지금은 절 이름을 바꾼 것도 그렇고, 어딘지 외부인을 경계하는 분위기다. 혹시 절터에서 발견된 그 도자기들 때문인가. 정련 스님이 그 도자기들을 아직도 이 절에 두어 간직하고 있는지 아니면 국립박물관에 기증했는지, 그때 그 신문 기사 이후로는 나는 아무런 정보를 찾을 수 없었다. 아무튼 그 국보급 도자기들이 오히려 성불사를 폐쇄적으로 둔갑시켰다는 내 나름의 아상(我相)에 붙들렸는지, 한동안 내 발길이 뜸했었다.

웬일인지 오늘은 절 문의 빗장이 풀려 있다. 한쪽 문고리에 자물통이 달려 있지만, 살짝 밀어제치니까 마치 티브이 사극 속에 나오는 옛날 양반댁의 대문같이 삐거덕 소리가 난다.

전에 왔을 때보다 경계가 많이 풀린 것 같다. 절 마당으로 들어서니 역시 사찰이라기보다는 산속 별장의 후원에 선 듯 고요하고 편안하다. 하지만 대웅전이랄 수 있는 본체의 문은 여전히 굳게 닫혀 있다. 그러고 보니 성불사에 여러 차례 왔었건만 대웅전 부처님의 모습은 기억에 없다. 몸통이 작다든지 크다든지, 표정이 근엄하다든지 온화하다든지, 내게 성불사 부처님의 이미지가 확실치 않은 건 그동안 배알을 전혀 못했다는 얘기다.

고려 때의 유물이 발견되었다면 고찰이라 할 수 있는데 부처님의 모습은 어떠할까. 성불사의 전체적인 분위기는 절이라기보다는 서원 같다. 대웅전의 외관도 여느 절처럼 웅장하지 않고 고즈넉한 사랑채 같다.

나는 우리 동네에 인접한 산 아래 숨은 사찰들의 부처상들을 나름 파악하고는 했다. 내가 말하는 부처님은 그 절에서 가장 대표적인 대웅전 중앙에 있는 본존불이다.

도안사 부처님은 근엄하면서도 부드러운 미소가 섬세하여 젊은 선비 유생의 표정이고, 보현사의 부처님은 얼굴 전체가 웃는 온화한 건장함으로 가득 넘쳤는데, 후에 개금불사를 하여 지금은 그런 이미지마저도 흐릿하다.

하왕사는 그중 제일 고찰인 만큼 부처님도 한 세대 이전 사람의 형상이다. 자그마한 풍채가 소탈하게 늙으신 할아버지 같았다. 여기마저 개금불사를 하여 지금은 역시 많이 젊어졌다.

화왕사 위에 있는 무진암 부처님은 얼굴 표정이 미소 그 자체다. 나는 이 같은 미소불은 본 적이 없다. 절을 한 번 하고 부처님 얼굴 한 번 보고 웃고, 또 절 한 번 하고 부처님 얼굴 보고 따라 웃으면 하루 종일 절을 해도 힘들지 않을 것 같았다.

문수사 부처님도 풍채가 아주 작은 편이다. 화왕사 못지않게 오래된 절이니 부처님 역시 자그마한 모습이다. 옛 사하촌처럼 절집이 몰려 있는 판국이라, 대개가 아주 오래된 절들이다. 하지만 다들 새로 부처님을 안치했기 때문에 풍채와 표정이 현시대의 모습으로 달라진 듯하다. 예전부터 불상의 표정은 당대인들의 얼굴을 닮는다고 하지 않았던가.

오늘은 꼭 성불사, 아니 내일암 부처님을 뵈어야지, 하고 작심했는데 툇마루 아래 놓인 낮은 댓돌 위에 스님의 것인 털신과 외부인 남자의 것으로 보이는 목이 긴 랜드로버 신발이 놓여 있고, 안에서는 두런두런 말소리가 들린다. 오늘도 시절 인연이 아직 아닌가 보구나, 하고 돌아서는데 개 짖는 소리가 요란하다.

이젠 개까지⋯⋯

그냥 돌아가라는 뜻일까, 망설이는데 승복은 안 입었지만, 예비 행자쯤으로 보이는 젊은 여인네가 나와서 개를 말리며 어딜 가느냐고 묻는다.

나는 쭈뼛하여 "저어기" 하며 손으로 그냥 산신각 쪽을 가리켰다.

"산에 가시려고요?"

등산복 차림인 내 행색을 보고 그녀가 무심하게 묻는다.

"아니, 저, 저기 산신각에요."

"아, 예."

휴, 다행이다. 그때 내게 화를 냈던 행자승은 이제 이 절에 없나 보다. 여기서 수행을 마치고 다른 절로 갔거나 또 한 단계 높은 수행을 떠났거나, 혹은 아예 속세로 돌아갔거나, 아니면 이 절에서 한 급 높은 스님이 되어 지금은 묵언수행 동안거에 들기라도 한 것일까.

층계를 오르니 산신각 문은 닫혀 있고 큰 쇠 자물통이 걸려 있다.

아이참, 왜 이러나. 성불사는 나를 정말 거부하는구나, 하고 문밖에서 합장만 올리고 층계를 내려오니 다시 그 젊은 여인네가 보인다.

"산신각 문이 잠겨 있는데요."

"열려 있어요."

"자물통이 채워져 있는데요."

"잘 보면 채운 게 아니에요."

"예, 그렇군요."

왜 이렇게 일반 중생들을 꺼리는 거예요? 하고 물을까 하다가 관뒀다. 아, 그리고 그 앳된 행자 스님의 소식도.

한때 엄마 스님을 찾아왔던 어떤 딸도 이 성불사에 눌러앉아 수행 중이었다는 소문이 문득 떠올랐다. 그 뒤로 엄마 스님은 딸의 성불을 위해 다른 절로 멀리 떠났다는 얘기도 있었다. 그렇다면 그 엄마 스님, 한번쯤 돌아올 수도 있을까. 돌아오실 거야. 반드시 한 번 더 돌아와야 한다는 일래불. 그래, 수행 성문에도 절차가 있는 법. 그러니까 돌아오시겠지. 나는 골똘히 자문자답하며 마른 먼지가 풀썩이는 산언덕을 타박타박 걸어 내려왔다.

하지만, 돌아오거나, 돌아오지 않거나, 정처 없이 떠돌던 옛 객승을 반기는 듯 성불사 저녁 예불을 알리는 타종 소리는 산기슭 저 아래까지 메아리처럼 흩어진다. 겨울 해가 다 기울어져, 어둑신한 산 그림자가 내 뒤를 다급히 쫓아오고 있었다.

전력(前歷/全力)의 소설들

조형래(문학평론가·광주대 교수)

1

스튜디오 지브리의 신작 애니메이션「그대들은 어떻게 살 것인가」(2023)는 감독 미야자키 하야오의 개인적인 삶의 이력에 관한 회고와 성찰 및 애니메이터로서의 그 자신의 경력과 기량을 집대성한 작품이라고 해도 과언이 아닐 터이다. 이미 여러 차례 은퇴를 번복한 적이 있었던 미야자키는「바람이 분다」(2013)를 통해 자전적인 경험과 장인으로서의 이력을 투영한 바 있었다. 하지만「그대들은 어떻게 살 것인가」의 경우 '큰할아버지'가 오랜 세월 동안 지켜온 운석 내부의 다채로운 색채와 생생한 질감으로 충만한 이세계의 생기 넘치는 모습은 미야자키를 대표로 하는 지브리의 모든 공력과 노하우, 테크닉을 총괄한 애니메이션적 표현의 궁극에 도달했다고 해도 좋다. 그 세계를 지탱하고 주재하는 큰할아버지가 지금은 고인이 된 다카하타 이사오를 모델로 했다는 것은 잘 알려져 있는 사실이지만, 어쩐지 그러한 애니메이션의 표현을 가능케 한 미야자키의 거장으로서의 우뚝한 면모를 연상시키는 것도 부정할 수는 없을 것이다. 심술궂은 '왜가리'의 인도를 통해 그 이세계에 진입, 모험의 여정을 떠나게 되는 주인공 '마키 마히토' 또한 여러모로 미야자키의 유년 시절의 모습을 떠올리게 하는 측면이 확실히 있다.

이 점에서 「그대들은 어떻게 살 것인가」는 사실상 유년의 미야자키를 초대하여, 노년의 그 자신이 이룩한 경이로운 색채와 질감의 세계를 통과하도록 하는 원환적인 이야기라고 해도 틀리지 않다. 즉 과거의 자기가 미래의 위대한 성취를 통해 구현된 세계를 미리 여행하는 것이다. 물론 이것은 리얼리즘의 관점에서 모순이다. 그 이세계의 종언을 선언하고 역사적 현실로의 복귀를 촉구하는 결말을 놓고 보면 더욱 그렇다. 『이상한 나라의 앨리스』 이래 유서 깊은 모티프를 변주한 애니메이션이라는 환상적 세계가 아니었다면, 그리고 무엇보다도 내러티브를 압도하는 풍부한 애니메이션적 표현의 시각적 체험을 제공하지 않았다면 허용되기 어려웠을 설정이다. 그만큼 「그대들은 어떻게 살 것인가」의 내러티브는 비교적 복잡

하며 친절하지 않다. 유사한 환몽적 구조에 입각해 있는 전작 「센과 치히로의 행방불명」(2001)에 견주어도 난해함이 두드러진다. 그래서인지 지브리의 애니메이션으로서는 특이하게도 호불호가 엇갈리는 편이다.

하지만 주인공 마히토 그리고 그의 동료들과 함께 운석 속 풍요롭게 다채로운 세계관을 견문하다 보면 그러한 형용모순 정도는 아무렇지도 않은 것으로 여기게 될 터다. 도리어 「그대들은 어떻게 살 것인가」가 최종적으로 제시하고 있는 한 시대의 종막 그리고 본래의 현실로의 복귀/승인 이전 어떤 원초적 세계를 탐사하는 일종의 통과의례처럼 제시되고 있다. 그리고 그 이세계가 지브리, 나아가 애니메이션 전반을 지탱해온 거장의 역량과 자긍이 총동원된 결과물이자 압도적인 시각성의 체험을 가능하게 하는 것이라면 더욱더 매혹되지 않을 수 없다. 관객에 앞서 그 최초의 탐험가로서 초대된 이가 유년의 불우했던 자기를 연상시키는 마히토라는 점을 놓고 보면 더욱 그렇다. 앞서 언급했듯이 이것은 만년의 미야자키가 스스로가 일생을 걸고 도달한 궁극의 성과에 과거의 미숙했던 자기를 데려다놓고 견문하도록 하는 이야기이기 때문이다. 이것은 미야자키 자신이 연유한 기원적 지점을 환기시킨다. 동시에 스스로의 삶과 성과에 관한 만만치 않은 자긍도 엿보인다. 이 점에서 여러모로 「그대들은 어떻게 살 것인가」는 자전적이다. 그 구조가 마치 과거와 현재를 교착시키고 있는 뫼비

우스의 띠와도 같은 형상을 취하고 있을 뿐이다. 그러나 과거의 자신, 그리고 많은 관객들에게 제목과 같은 질문을 던질 수 있는 거장의 만년에 적합한 애니메이션이라는 것만큼은 두말할 필요가 없다.

2

황영경의 소설집 『미나카이 백화점이 있던 자리』는 어쩐지 「그대들은 어떻게 살 것인가」를 연상시키는 부분이 있다. 기본적으로 회고의 시점이지만 한국 근대소설을 중심에 놓고 논의된 식민지 시대 도시문화사라든가 여성주의 등에 관한 근래의 담론으로부터 영향을 받은 흔적이 역력하다. 그만큼 성실한 취재와 조사, 고민이 수반되어 있는 것으로 보인다. 소설이란 무엇이고 또한 어떻게 써야 하는가라는 문제에 관한 집요한 물음과 탐구의 자세가 없었더라면 불가능했을 터다. 오늘날 유행하고 있는 정치적 올바름 담론에 편승한 클리셰적 결말이나 구태의연한 선형적(linear) 플롯으로 수렴되지도 않는다. 과거 문화적 유행이나 풍속에 대한 향수 어린 재현이나 굴곡진 현대사에 관한 그렇고 그런 알레고리 역시 찾아볼 수 없다. 회고 및 자전적 형식임에도 오히려 과거와 현재, 소설과 현실, 소설과 소설 간 경계를 부단히 교란하는 서술 방식과 구성을 취하고 있다. 작가가 스스로의 삶을 돌아보고 고백하는 과정에서 소설에 관해서 할 수 있는 모든 것을 시도해본 듯한 느낌이 없지 않다. 여기에서 만만치 않은 공력과 자긍이 느껴진다는 점, 덧붙여 그 과정에서 내러티브가 친절하지 않게 되었다는 점에 있어서도 「그대들은 어떻게 살 것인가」를 닮은 측면이 있다.

그러나 어떤 의미에서 『미나카이 백화점이 있던 자리』는 「그대들은 어떻게 살 것인가」의 역상(逆狀)에 해당한다. 후자와는 반대로 현재의 자기가 유년 시절을 포함한 과거의 어느 시점을 회고 내지는 탐사하는 방식을 취하고 있다는 것을 메타적으로 드러내는 장치와 형식에 의거하고 있기 때문이다. 그리고 과거의 "있던 자리"를 재구성하면서 역설적으로 일체의 소멸된 대상과 폐허 자체에 관한 애수를 담담하지만 강렬하게 드러내고 있다는 점이 인상적이다. 과거의 상기(想起)와 그것을 회고하는 현재의 시점(視點/時點) 그리고 양자를 매개하고 세월을 복원하는 다양한 문헌의 흔적을 숨기지 않고 있다는 점 또한 그렇다. 이 점에서 『미나카이 백화점이 있던 자리』는 과거의 일상을 중심으로 기억과 현재와 문헌/담론이 교차되는 흥미로운 아상블라주(assemblage)에 입각한 소설집이라고 해도 크게 틀리지 않을 것이다.

3

「밤 깊은 마포종점」, 「미나카이 백화점」, 「열두 살의 『선데이서울』」이라는 은례라는 인물을 중심으로 한 일종의 느슨한 연작소설 구성의 삼부작은 그리하여 더욱 인상적이다. 그중에서도 「밤 깊은 마포종점」에서 1968년 은방울자매가 발표한 가요 「마포종점」이 이 단편의 중요한 모티브가 된다는 것은 말할 필요도 없다. 특히 화자 은례의 외할머니 이은분 씨가 되뇌곤 하는 그 노래의 오인된 가사 "갈 곳 없는 이 거리"는 의미심장하다. 유년 시절 친정 식구로부터 넘치는 사랑을 받으며 자랐고 노래와 그림 같은 예술적 재기에 있어서 남다른 소질을 보였던 은분 씨는 시가와 결탁한 중신아비의 농간으로 뜻하지 않게 재취 자리에 시집을 오게 되었다. 뒤늦게 속았다는 사실을 알고 분통을 터뜨렸지만 이미 돌이킬 수 없는 기정사실이 되어버렸다. 그야말로 한량인데다 한때 축첩까지 자행한 남편 한동필의 수발과 뒤치다꺼리에 여념이 없었으며 셋이나 되는 전처 소생 자식들을 거두어 건사하는 한편으로 육 남매를 낳아 그중 넷을 장성시키는 삶의 역정 속에서 그녀가 마음 붙이거나 갈 곳은 그 어디에도 없는 '거리'가 되고 말았다고 해도 과언이 아니다. 전쟁 통에 남편이 죽고, 그와 마찬가지로 일제-한국전쟁기를 통틀어 권력의 주구 노릇을 서슴지 않았던 의붓자식에 의해 상속재산까지 가로채이게 되었으며,

후일 친자의 아내 즉 며느리와도 갈등하게 된 은분 씨의 고립무원의 만년을 놓고 보면 더욱 그렇다. 하물며 남편의 반대로 인해 딸 한정임 역시 스스로의 재기를 억압당한 채 시집부터 가게 되어버린 것을 감안하면 은분 씨의 기구한 삶의 역정은 그녀 대에서 종식되는 것이 아니라 딸에게까지 승계될 가능성이 없지 않다. 그야말로 "갈 곳 없는 이 거리"라는 오인된 가사는 그 오인의 원인이 확실히 있는 셈이고 수시로 노래하지 않을 수 없는 이유 또한 확실히 있는 셈이다.

여기에 그쳤다면 「밤 깊은 마포종점」은 20세기 전반기를 관통하는 '여자의 일생'의 전형에 관한 그렇고 그런 소설이 되어버리고 말았을 터다. 하지만 은분 씨의 삶에 어머니 정임을 겹쳐놓고 보면서 구로에 있었던 '외할머니 집'의 장소성 자체를 온정적인 시선으로 생생히 복원하고 있는 화자 은례의 관점은 각별한 의의가 있다. 유년기의 추억과 관련된 장소이므로 그렇게 될 수밖에 없을 것이다. 이미 전차가 사라진 시대에 「마포종점」을 노래하곤 했던 은분 씨나, 과거 또 다른 (전차) 종점이었던 돈암동(집)에서 마포-구로(외가) 구간을 오고 갔던 은례의 행적과 미묘하게 조응하는 그것은 단적으로 말해서 이미 소실된 기억의 대상에 관한 애착에서 비롯된 것이라고 할 수 있다. 화자는 그러한 외할머니 집이라는 과거를 기억의 저편에 두고 바라보고 있다. "강 건너 영등포에 불빛만 아련한데", "저 멀리 당인리에 발전소도 잠든 밤", "여의도 비행장엔 불빛만 쓸쓸한데"와 같은 「마포종점」의 가사에서 나타나는 바처럼 가닿을 수 없는 건너편을 그저 응시할 수밖에 없는 데서 비롯된 애수를 간직한 상태에서 말이다.

이러한 과거 구로의 '외할머니 집'을 향한 '건너 봄'을 통해 복원되는 것은 그러나 단지 "갈 곳 없는 이 거리"라는 문장에 함축되어 있는 회한 어린 삶 및 이미 지나가버린 유년의 추억에 관한 애수만이 아니다. 소설의 서두에 잘 나타나 있는 것처럼 은분 씨와 그녀의 친구인 할머니들이 모여 벌이곤 했던 민화투판의 시끌벅적함 그리고 그녀들의 옆에서 다리미로 오징어를 구우면서 그 짭조름한 냄새에 군침을 흘리다가 개평을 얻곤 했던 어린 시절의 '나'의 모습, 이런 일들이 벌어지고 있는 방 안의 다채로운 사물과 분위기 등이 대단히 생생하게 환기된다. 화자인 '나'가 외할머니 집에서 보낸 유년 시절은 그러한 냄새와 질감, 분위기 등 오감(五感)을 통해 체험된 구체성의 세계 자체인 것이다. 그리고 그것은 기구하기 짝이 없는 '여자의 일생'이라는 일종의 거대서사로 수렴되지 아니하는, 외할머니와 어머니라는 여자들의 구체적인 개인사와 어쩔 수 없이 발랄한 일탈에 관한 조명으로 이어질 수밖에 없다. 가령 은분 씨는 노래를 부르며 그림을 그리고 손녀에게 가르치기도 하는 이다. 남편이 방 안에서 공공연하게 불륜을 저지르고 있는 동안 그의 흰 고무신을 엿장수에게 팔아먹기도 한다. 무엇보다도 친구들과 화투판을 벌이면서 '나'에게 유년 시절에 관한 결정적인 기억을 각인시킨 시끌벅적한 구체성의 세계의 연출자 내지는 주재자라고 할 수 있을 터다. 어머니 정임 역시 부친의 계속되는 억압에도 불구하고 시집이라는 최종적인 좌절의 계기가 도래하기 이전까지 춤추고 노래하는 흥을 중단하지 않는다.

그러한 외할머니와 어머니의 영향 아래 '나' 또한 외가로부터 전해진 도회적인 것에 관한 주변의 선망 속에 자라왔으며 무엇보다도 과거의 기억 저편에 자리한 구로의 외할머니 집 그리고 일가의 여성들을 중심으로 이루어진 더없이 발랄한 구체성의 세계에 관한 기억을 부지불식간 간직해왔다고 해도 과언이 아니다. 따라서 이를 통해 회상된 구로의 외할머니 집에서 보낸 유년 시절은 그녀들의 불행과 회한으로 점철되어 있는 것이 아니다. 오히려 더없이 온정적이고 생기 넘치는 과거로서 복원되고 있다. 이것이 그녀들의 개인사에 관한 이해와 공감에 근거한 체관(諦觀) 및 유대감의 기초가 되고 있는 것은 물론이다. 단지 그 시절이라는 건너편에 다시는 가닿을 수 없다는 애수가 저변에 깔려 있을 뿐인 것이다.

「미나카이 백화점」은 은분 씨의 딸이자 '나'의 어머니 세대 한정임을 중심으로 한 단편이다. 하지만 이제 노년에 이른 정임을 중심으로 한 일가에 관한 회고담의 형식을 취하고 있다는 점에서 「밤 깊은 마포종점」과는 다소 결을 달리한다. 즉 화자가 은분 씨와 외할머니 집에 관한 기억에 입각해 복원하고 있었던 생기 넘치는 원초적 구체성의 세계 대신 역사적 현실 및 리얼리즘이 얼마간 자리해 있다고 해도 좋다. 그래서인지 정임이 가장 빛나던 시절에 관한 회고는 미나카이 백화점이라는 역사의 장소를 매개로 이루어지며 학교와 직장 등에서 노래에 관한 재능과 일본어 능력으로 두루 인정받았던 식민지 시기의 여러 기억과 주로 관련되어 있다.

하지만 일본 동경/미나카이로 표상되는 모던/도회 생활에 대한 정임의 선망은 결코 실현되지 않는다. 그녀의 일가가 속해 있던 세계, 이를테면 한량이자 기회주의자였던 아버지 한동필의 가부장적인 폭압은 노래에 관한 그녀의 열망을 좌초시켰다. 아울러 백일해 기침에 배롱나무/백일나무를 민간요법으로 처방하고 간밤 소학교 운동장에서 도깨비를 보았다는 어머니 은분 씨가 여전히 구애되는 마법적 세계관 또한, 모던/도회가 정임이 속해 있는 일상의 세계로부터 얼마나 멀리 있는 별천지인지를 새삼스럽게 확인시킨다. 무엇보다도 정임의 딸 은례가 종종 역사적으로 정당화될 수 없는 행위로 비판하곤 했던 한동필의 물색도 줏대도 없었던 처신은 부친에게 앙화(殃禍)로 돌아왔으며, 스스로의 죽음을 예감한 그가 (원래 은분을 마음에 두고 있었던) 늙은 머슴 총각 서진수를 딸과 혼인시키면서 정임의 소망은 결정적으로 좌절되게 된다.

혼인 이후 진수는 그가 취해온 삶의 방식대로 가족의 생계와 건사에 진력하는 가장으로서의 역할에 우직하게 충실할 뿐이었지만 이제는 장모가 된 은분에게도 각별한 관심을 기울이면서 막걸리의 수작(酬酌)을 중심으로 한 나름 친밀한 관계를 형성한다. 그리고 이 기이한 관계는 은분 씨와 진수가 얼마간의 시차를 두고 세상을 떠나는 것으로 종식될 예정이다. 하지만 이미 세상사로부터 얼마간 초탈해진 지 오래인 정임에게 있어서 모든 삶의 기억은 한 곡조의 노랫소리로 치환되어 들려올 뿐이다. 그런 정임이 삶의 역정을 거쳐 도달한 자리는 바로 "어머니 분이가 들었다던 밤도깨비들이 체조하는 소리"(64쪽)를 듣는 마법적 세계이다. 그녀는 결국 미나카이 백화점으로 상징되는 세계를 떠나와 어머니 은분 씨가 오랫동안 속해 있었던 바로 그 세계로 귀일하는 여정을 경유한 셈이다. 즉 「밤 깊은 마포종점」에서 예고되어 있는 대로 딸은 어머니를 답습하고 있는 것이다. 그러나 그것은 어쩔 수 없이 이루어지는 것이 아니라 얼마간 자발적인 수긍 및 체관을 통한 것으로 의미가 달라졌다고 해도 좋다. 그렇다면 딸 은례에게 「마포종점」이 그랬듯이 언젠가 정임이 연출할 노랫소리의 세계 역시 어느 누군가에게는 특별한 기억으로 계승되지 않겠는가.

하지만 삼부작의 마지막, 그러니까 은례 자신의 이야기가 되는 「열두 살의 『선데이서울』」에서는 적어도 그런 비전을 찾아볼 수 없다. 앞서 두 편의 소설과는 별개의, 다소 독립적인 에피소드로 이루어져 있는 이 단편에서는 심지어 어머니 정임이 간직하고 있는 학창 시절에 대한 자긍 섞인 추억조차 발붙

일 데가 없다. 그도 그럴 것이 평소 존경해 마지않았던 담임 정상진 선생이 사실 방과 후 비밀 과외를 운영하면서 거기에 속한 부유한 집 아이들을 편애해왔다는 사실을 확인하게 되는 것을 계기로 유년의 순진무구한 세계 인식으로부터 빠져나오게 되는 이야기이기 때문이다. 사실 그 징후는 서두에서부터 이미 예고되어 있었다. 어머니의 갑작스러운 부고 소식을 듣고 울면서 학교를 나서게 되는 친구 수연의 모습에서 화자는 처음으로 죽음을 의식하고 육친의 상실로 인한 애통과 위로의 문제에 관해 생각하게 된다. 뿐만 아니라 담임의 인정을 구하기 위해 외삼촌의 책을 몰래 도둑질하여 학급문고에 제출하고는, 그 사실을 눈치챈 외삼촌의 추궁을 계기로 죄의 고백과 용서가 어떻게 이루어져야 하는지에 대해서도 생각하게 되는 것이다. 그저 거짓말을 하지 않으면 되었던 「금도끼 은도끼」 같은 동화의 세계와는 완전히 결을 달리하는, 삶과 진실을 둘러싼 이면의 복합적인 문제에 관한 자각이 이제 막 시작되고 있었던 셈이다.

　무엇보다도 담임은 자신의 비밀 과외 및 편애 등의 비리를 눈치채고 발설했던 장숙이를 (바로 그 양심의 가책과 진실의 고백, 수오지심 같은 도덕적 명분을 빙자하여) 본보기로 삼아 중인환시리에 실로 가혹하게 처벌한다. 그 결과 숙이는 교실은 물론이고 학교 전체에서 사실상 배척당하게 되어 결국 견디지 못하고 전학을 가게 된다. 이는 전적으로 담임이 조장한

결과다. 후에 비밀 과외 현장을 실제로 직접 목격하게 된 '나'
는 담임이 동화나 교과서 속 명분을 악용하여 희생양을 내세
워 자신의 문제를 은폐하기 위한 것이었다는 사실을 새삼스럽
게 깨닫고 전율한다. 이것은 단순히 부정을 목격한 사건에 불
과한 것이 아니다. 이러한 일련의 사태는 '나'에게 있어서 세
상은 동화의 원리가 곧이곧대로 관철되는 곳이 아니고, 선망
의 대상이었던 담임에게도 더없이 교활하며 추악한 면모가 있
다는 사실을 결정적으로 확인하는 계기가 된다. 즉 세상의 이
면 내지는 어른의 세계가 확실히 있다는 사실을 인식하게 된
것이다. 이제 '나'는 결코 이전으로 돌아갈 수 없다. 이상과 명
분으로 가지런한 동화나 학급문고, 외삼촌의 시사/문예 잡지
가 아닌, 『선데이서울』의 선정적인 B급 뉴스가 환기하는 요지
경 속 속물의 세계에 탐닉하게 된 것은 바로 그래서이다. 특히
그중에서도 추문에 휩싸인 여배우가 항변하면서 발설한 "돌
에 맞아 죽은 억울한 개구리"의 비유가 '심금'을 울릴 수도 있
다는 사실에 '나'는 매료된다. 숙이와 친구 태순을 포함하여
주변에 그러한 '개구리'의 처지에 내몰린 이들이 의외로 많았
고 따라서 그러한 수사의 항변이 가능하다는 사실을 진작 알
았더라면 그들이 세계로부터 배제되지 않을 수도 있지 않았을
까 하는, 뒤늦게 깨달았기 때문에 더욱 강렬하게 환기되는 아
쉬움 때문이다.

4

　바로 이러한 자각이 「미나카이 백화점」에서 후일의 은례로
하여금 외할아버지 한동필의 이면을 집요하게 비판하도록 했
을지 모른다. 동시에 외할아버지에 대한 은례의 이러한 고착
은 그가 전쟁 통에 희생당한 또 다른 '억울한 개구리'의 한 사
람이었기 때문에 이루어진 것일 터이다. 「밤 깊은 마포종점」
의 외할머니 은분 씨에게도, 「미나카이 백화점」의 아버지 서
진수의 삶에 있어서도 그런 면모가 없지 않다. 「열두 살의 『선
데이서울』」 그리고 화자의 이름만 다를 뿐 사실상 이 삼부작
의 세계관을 거의 그대로 공유하고 있는 단편 「녹두장군을 닮
은 사람」 두 소설에 공통적으로 등장하는, 파출소 앞에서 싹
싹 빌고 있었던, 반란군의 아버지 즉 '녹두장군을 닮은 사람'
의 모습이 그토록 강렬한 인상을 남긴 것으로 각인되어 있었
던 것도 바로 그래서일 것이다. 「녹두장군을 닮은 사람」에서
'새드 무비' 즉 '슬픈 영화'로 언명된 그러한 '억울한 개구리'
들 각자의 개인사 및 배제와 소멸의 운명에 관한 서사는 『미
나카이 백화점이 있던 자리』에 수록된 단편들을 관통하는 라
이트모티프라고 해도 틀리지 않다. 즉 '억울한 개구리'를 둘러
싼 수사가 심금을 울릴 수도 있다는 자각은 「열두 살의 『선데
이서울』」의 은례에게 있어서 담임의 추악한 이면을 확인하게
되는 치명적인 사건을 대가로 얻어진 것이다. 그것은 한편으

로 세상의 이면을 들여다보도록 한, 성장을 위한 통과의례의 중요한 계기가 되었다. 하지만 동시에 '억울한 개구리'들에게 주목하게 만든, 즉 그들의 구체적인 사연 및 상실의 운명에 관한 수사(修辭)를 서술하도록 한 원-장면(primal scene)이 되었다고 해도 틀리지 않다. 이러한 수사를 달리 말하면 문학이며 또한 소설이다. 즉 지금까지 논의한 삼부작은 은례의 성장담인 동시에 『미나카이 백화점이 있던 자리』에 수록된 소설들 나아가 황영경 문학의 출발점을 향한 과거로의 여행에 관한 이야기라고 해도 과언이 아닌 것이다.

그래서인지 『미나카이 백화점이 있던 자리』에 수록된 단편들에는 그러한 존재들에 관한 애착 어린 수사가 관통하고 있다. 「오이지」에서 난치병으로 사망한 지인이자 에세이스트 은숙 언니의 유고를 정리하여 출간하고자 하는 '나'의 소박하지만 애정 어린 결의는 이와 관련하여 의미심장하다. 「귀래」의 사라진 여승에 대한 집요한 관심 역시 예사롭지 않다. 과거에 사라진 이들이 우리가 살아가고 있는 현실 속에 갑작스럽게 소환되어버린 계기에 관한 이야기인 「헛발」 같은 단편도 있다. 이들 소설은 삼부작과 「녹두장군을 닮은 사람」의 관계처럼 느슨하게 서로를 매개하는 에피소드들에 의해 그 경계가 미묘하게 모호해지는 대목들이 있다. 사라진 이들의 소환은 과거를 과거인 채로 박제한 채 남겨두는 것이 아니라 오히려 생생한 모습으로 현재화한다. 즉 과거와 현재의 경계 또한 미묘하게 교착되고 있는 것이다. 과거의 '억울한 개구리'들은 그렇게 새로운 이야기와 현재적인 생명력을 부여받고 있다. 그 이면에 지금은 없는 그들의 전력(前歷)에 관한 인상적인 애수가 자리하고 있다는 것은 말할 필요도 없다.

하지만 애수로 일관하고 있는 것은 아니다. 「밤 깊은 마포 종점」부터가 그렇지 않다는 것은 앞서 언급한 대로다. 「녹두 장군을 닮은 사람」의 경우 한국전쟁 및 고도성장기를 관통하는 농촌 사회의 비관적인 현실이 가감 없이 그려지지만 어쩐지 백석의 시나 김기림의 「길」을 연상시키는 고향과 유년 시절에 관한 담담하고도 온정적인 노스탤지어의 분위기로 충만하기 때문에 그저 암울하게만 느껴지지 않는다. 또 다른 가작(佳作) 「워싱턴 광장의 수지 이모」는 일반적으로 한국 현대사의 치부로 여겨지는 소위 양공주 출신의 이모들에 관한 단편이다. 하지만 "인생은 엔조이야"라는 자신만의 금언에 입각하여 굴곡 많지만 결코 위축되지 않는 삶을 살고자 해온 수지/김선자 이모의 면모에는 실로 예사롭지 않은 유머와 생기로 충만하다. 한때 휘황찬란하게 번성했으되 지금은 쇠락한 고랑포 마을처럼 어딘가 처연한 구석이 없는 것은 아니로되, 과거의 그녀들은 지금 여기에서 생생한 색채와 질감을 가진, 결코 '억울하지만은 않은' 모습으로 복원된다. 그렇게 그녀들의 전력(前歷), '있던 자리'는 현재적인 것이 된다. 비록 과거 억울한 개구리에 관한 수사로 시작되었지만 그녀들의 모습이 삼부작의 은분 씨나 정임처럼 역사-사회적 질곡과 가부장제의 억압으로 인한 순탄치 않은 인생에도 불구하고 그러한 어떤 엉뚱한 발랄함을 드러내 보이는 데서 그러한 현재적 생생함은 배가된다. 이것이 기존의 여성성에 관한 전형적인 통념으로부터 얼마간 벗어나 있는 이채로운 인간형을 제시한다는 것은 말할 필요도 없다. 이처럼 『미나카이 백화점이 있던 자리』는 작가 황영경이 전력(全力/前歷)을 다하여 추구해온 소설의 본령이 바로 지금은 없는 그들이 '있던 자리'를 생명력 넘치는 모습으로 되살리는 데 있다는 사실을 우리에게 말해준다.

십일월인데 동네 뒷산에서 진달래를 보았다.

미쳤다! 꽃이, 계절이. 절로 탄성이 터져 나왔다.

진달래를 보면 괜스레 눈물이 난다는 어머니. 첫 아이인 오빠를 뱄을 때 아버지는 군에 가 있고, 진달래를 따 먹으면서 봄날의 허기를 달랬다고 했다. 아니, 어머니의 새색시 적 어떤 친구가 그랬다던가. 이제 어머니의 기억마저 흐릿하다.

가물가물 꺼져가는 어머니의 기억을 대신 붙잡으려고 나는 조바심을 치고는 했다. 병석에 누운 어머니를 흔들면서 느닷없이 "엄마, 그때, 외할아버지가 말예요"를 채근하면 어머니는 낯선 이를 보는 듯 무심하고도 무애한 눈빛이었다. 어머니 평생토록 늘 병이었고, 약이었던 형애(荊艾)의 시간들은 이제 흩날리는 파지처럼 가볍고도 가볍다.

올봄, 임종 준비의 선고를 받은 어머니와 일인 병실에서 '합숙'을 했다. 마지막 효심을 발휘하라는 병원 측의 배려로. 촌음을 다투며 깜빡거리는 온갖 바이탈 기계들의 신호음이 불안한 가운데서도 출판사에 보낼 원고를 다시 다듬고는 했다. 보호자 식판을 받고도 차마 숟가락을 못 집는 내게 산소 흡입기를 낀 금식의 어머니는 '어서 먹어라' 하는 눈짓으로 티브이 화면 쪽을 더듬고는 했다.

의사의 권고를 거역하며 퇴원을 시킨 어머니는 아직 연명하고 계신다. 불가사의라고밖에는 달리 설명할 수 없다는 주치의의 소견을 들으며 혹시, 그때?

오래전 어머니와 해운대 청사포를 여행할 때였다. 등대 앞의 슈퍼 집 여주인이 딸과 함께하는 여행이 부럽다는 말 치사를 하자 "우리 딸은 작가예요. 너, 소설 다 쓰면 나한테도 보여줄 거지?" 하며 좀 '뻐기는' 어머니의 모습에 나는 뜨끔하고 무색했었다. 그때가 이렇게나 아득해질 줄은 몰랐다. 너무 오랫동안 묵혀왔다.

어머니와, 어머니의 어머니 시대 사람들의 얘기에 나는 태내에서부터 귀가 열렸다. 들었으므로 증언하리라, 어쩌면 그때 그 얘기들을 쓰기 위해서 잉태된 아이였을까.

십일월 미친 진달래, 너무 이른, 아니 너무 늦은 계절아. 그렇게라도 꺼내놓지 않으면 어떻게 곧 닥쳐올 다음번의 해산을 다시 꿈꿀 수 있을까.

어떡하든, 계절이 바뀌어야만 모든 세월이 흘러갔다. '그때 그런 시절만 아니었다면……' 어차피 시대와 역사의 가정법이란 상대적인 개념이 아닐까. 지금이라 현현된 이 시절들이 또 누군가에게는 '그때 그런 시절만 아니었다면'의 다른 쪽이듯이.

작년 여름, 토지문화관에서 원고를 정리하는 시간을 얻을 수 있어서 다행이었다.

해설을 꼭 써주겠다는 약속을 지키느라 올가을 천고(天高)의 시간을 덜어냈을 조형래 평론가, 지극한 우의에 감사하며 오랫동안 빚졌던 마음을 이제 놓으렵니다. 기다리고 지지해준 문우들과 추천사를 붙여준 지음(知音) 유시연 작가, 그대들이 있기에 글쓰기가 오래도록 행복할 것입니다.

묵은 원고를 거두어 출간해준 도서출판 강에도 진심으로 감사합니다.

2023년 십이월
황영경

수록 작품 발표 지면

미나카이 백화점이 있던 자리

© 황영경

1판 1쇄 발행 ｜ 2023년 12월 22일

지은이 ｜ 황영경
펴낸이 ｜ 정홍수
편집 ｜ 김현숙 이명주
펴낸곳 ｜ (주)도서출판 강
출판등록 ｜ 2000년 8월 9일(제2000-185호)

주소 ｜ 서울시 마포구 동교로17안길 21 (우 04002)
전화 ｜ 02-325-9566
팩시밀리 ｜ 02-325-8486
전자우편 ｜ gangpub@hanmail.net

값 14,000원
ISBN 978-89-8218-332-4   03810